Tiphaine KS.

Sept PÉCHÉS CAPITAUX

ORGUEIL

Chaque note est une passion...

Chaque obstacle est une tentation...

Cet homme sera ma désillusion...

Avertissement sur le contenu : cette œuvre dépeint des scènes d'intimité entre deux ou plusieurs personnes du même sexe ou non, et un langage adulte. Elle vise donc un public averti et ne convient pas aux mineurs.

ISBN : 9781980606062
Egalement disponible au format numérique
Marque éditoriale : Independently published
Illustration et mise en page : © 2018, Tinkerbell design
Source image : © Istockphoto et Pixabay

Compte Facebook : Tiphaine KS - Auteure
Page Youtube :

Scannez et découvrez !

Adresse mail : tiphaine.ks@gmail.com

Liste musicale

Prologue ❧ Keen'v feat Lorelei – La vie du bon côté

Chapitre 1❧ Lindsey Stirling – The Arena

Chapitre 4 ❧ Charlie Puth – One Call Away

Chapitre 6 ❧ Shawn Mendes – There's Nothing Holdin'Me Back

Chapitre 12 ❧ Baby K ft. Giusy Ferreri – Roma

Chapitre 14 ❧ Avicii feat. Sandro Cavazza – Without you

Chapitre 17 ❧ Shawn Mendes – Treat you Better

Chapitre 18 ❧ Ofenbach – Be Mine

Chapitre 18 ❧ Chopin – Spring Waltz

Chapitre 19 ❧ Baby K avec Andrés Dvicio – Voglio ballare con te

Chapitre 21 ❧ Ed Sheeran – Shape of you

Chapitre 22 ❧ Narciso Yepes - Jeux interdits

Chapitre 23 ❧ Leslie et Ivyrise – Je te donne de Jean-Jacques Goldman

Chapitre 23 ❧ Garou et Charlotte Cardin – Du vent, des mots

Chapitre 23 ❧ Johann Strauss II – Le beau Danube bleu

Chapitre 24 ❧ John Legend – All of me

Chapitre 25 ❧ Alvaro Soler – Sofia

Chapitre 26 ❧ Ginuwine – Pony

Chapitre 28 ❧ Ed Sheeran - Perfect

Chapitre 28 ❧ Vitaa – Comme d'hab

Chapitre 35 ❧ Edward Elgar – Pomp and Circumstance

Chapitre 36 ❧ Luis Fonsi ft. Daddy Yankee – Despacito

Bande annonce officielle :

Scannez
et découvrez !

Le 10.06.2020

Pour Nathalie,

Je vous souhaite un joyeux anniversaire en compagnie d'Eva. En espérant qu'elle saura vous faire voyager en plein ♡ de l'Italie.

Bonne lecture !

L'orgueil est le vice qu'on pardonne le moins ; il blesse essentiellement l'amour-propre. L'orgueilleux ne peut être ni affable ni reconnaissant, ce n'est qu'en nous abaissant qu'il cherche à satisfaire sa hauteur.

- Jean-Jacques Rousseau ;
Les pensées d'un esprit droit (1826) -

Bon voyage !

♥*À ma famille...* ♥

Prologue

"Si vous êtes assez courageux pour dire au revoir, la vie vous récompensera avec un nouveau bonjour".
- Paulo COELHO -

— "Ewa ! Tes valises sont prêtes ?"

J'entends la voix de ma mère s'élever du rez-de-chaussée.

Voilà, nous y sommes, le moment tant redouté est enfin arrivé.
J'ai seize ans, je dois quitter mon petit village de Bretagne car nous devons suivre mon père, qui a été muté en Floride.

— "Ewa ! Tu m'as entendu ?"
— "Oui, maman, j'arrive !"

Je boucle ma valise et descends les escaliers tant bien que mal sans un regard en arrière pour ma chambre. J'y ai partagé des moments de joie, de tristesse, de fou rire avec mes copines. Ainsi que quelques premières fois si importantes aux yeux d'une adolescente, mon premier baiser, mes premiers câlins ...
Tous ces souvenirs remontent à la surface, il m'est difficile d'empêcher mes larmes de couler.

Mes parents m'attendent déjà dans la voiture, je me dirige vers la porte d'entrée avec ma valise et décide de me retourner une dernière fois avant de partir.

Je fais le tour de chaque pièce, avec admiration, bien qu'elles soient nues de tous les meubles ayant fait partie de ma vie.

En arrivant dans la cuisine, je me souviens des moments où j'aidais ma mère à préparer ses fameuses crêpes pour les fêtes de l'école, les "krampouezh" comme on dit chez nous. Enfin, notre ancien chez nous maintenant.

Je me suis retournée les larmes aux yeux, me retrouvant face au mur. J'ai posé mes doigts sur cette surface lisse qui a été témoin de tant d'évènements passés qui ont comblés notre vie.

Tout en marchant, je les ai laissé glisser en me remémorant et en contemplant les traces que nos souvenirs de famille ont déposées tout le long du couloir qui mène jusqu'au salon.

Arrivée dans la grande pièce à vivre, je redécouvre mon piano que nous laissons derrière nous. Nous ne pouvions l'emmener là où nous allions, trop difficile à transporter. Je me rappelle des moments où mon père m'a appris à jouer de ce magnifique instrument. J'espère que nous continuerons à partager ces moments privilégiés dans notre nouvelle vie, si importants à mes yeux.

Je repense à la fête surprise que mes amis ont organisé la veille, pour célébrer mon départ afin de nous dire au revoir.

Je rentrais de mon footing, histoire de décompresser de tout ce stress accumulé depuis l'annonce de la mutation de mon père dans un pays inconnu. Lorsque mes parents m'ont appris la nouvelle, une partie de moi s'est violemment déchirée. J'ai commencé à me replier face aux autres, je ne voulais plus aucun contact, je me retrouvais dans un état de désespoir. L'impression de ne pas pouvoir y survivre.

Même si je reste une grande sentimentale, je dois me ressaisir et m'ancrer dans la tête que ce n'est pas si dramatique. Je ferai de nouvelles rencontres, je vais découvrir des paysages merveilleux, de nouveaux horizons vont s'ouvrir.

Après avoir pénétré dans le salon, essoufflée, je vis tous mes amis sortir de leurs cachettes tout en criant :

– *"SURPRISE !!!"*

Je ne m'attendais pas à une telle attention de leur part. Leur geste me fit chaud au cœur.

Je les revois danser sur la piste de danse, se déhancher au rythme de la musique. Les enceintes font résonner, ***"La vie du bon côté" de Keen'v feat Lorelei,*** *dans toute la maison.*

Mes souvenirs me submergent avec une telle force que les larmes coulent sur mon visage sans que je puisse les interrompre.

Je les reverrai sûrement un jour, on restera en contact, je n'ai pas fait mes adieux seulement un simple au revoir. Mais pour le moment, je dois partir.

C'est douloureux de devoir quitter ma maison d'enfance, mes copines, mon école, ma région. Concernant le reste de ma famille, j'ai l'impression de les abandonner. La sœur de ma mère ainsi que son mari et ses enfants, mes cousins, qui ont plus fait office de frères à mes côtés, restent sur place. Toutes nos effusions d'amour ont été faites lors d'un dîner de famille un soir dans la semaine. Nous n'avions pas le courage de leur dire au revoir sur le pas de la porte, au moment de notre départ.

Une boule d'angoisse prend forme au creux de mon estomac rien qu'à l'idée d'imaginer de devoir m'éloigner de mon pays. Je vais apprendre à découvrir une nouvelle culture et une nouvelle façon de vivre du haut de mes seize ans.

Cette situation est nouvelle pour moi, c'est la première fois que j'abandonne mon univers définitivement. Une page se tourne et une autre commence.

J'actionne la poignée puis ouvre la porte. Les derniers rayons du soleil de notre village se reflètent sur mon visage, réchauffant ma peau. L'air marin me chatouille les narines, la fraîcheur du vent me fait frissonner.

J'avance sur la terrasse en fermant la porte derrière moi.

Je me sens observée, lorsque je relève la tête, j'aperçois au loin, assis sur le banc de l'autre côté de la route, un jeune homme à peine plus âgé que moi, me regarder avec insistance. Une boucle blonde repose sur son front. Il plonge ses yeux vairons dans les miens. D'où je suis, je ne distingue pas correctement la couleur de chaque œil mais je peux m'apercevoir qu'ils sont d'une telle profondeur lui donnant un aspect mystérieux que je m'y perds instantanément. Je l'observe quelques instants, déguster du bout des lèvres une chiquette, confiserie typique de notre région.

Tout à coup, j'entends mon prénom fendre l'air. Je détourne mon regard pour apercevoir Maëlys, amie et voisine de ma plus tendre enfance qui me saute dans les bras. Nous n'avons jamais été séparées. Nous faisions toujours tout, ensemble.

Nous nous sommes connues dès la maternelle, le rejet des autres et le fait que nous nous sentions différentes nous a rapprochées. Nous ne faisions pas partie des populaires mais plutôt des premières de la classe, des studieuses, ... On nous surnommait "The lightbulb twins". Ce surnom ainsi que cette réputation nous ont poursuivis jusqu'au lycée.

Passées les portes de l'école, nous devenions de vraies petites chipies. Il n'y en avait pas une pour rattraper l'autre. Nous faisions les quatre cents coups ensemble.

Puis le rire, l'imagination, nos maisons voisines, Smalville à la télévision, les musiques du groupe "Les Backstreet Boys" devant lesquels nous étions hystériques ainsi que la teneur profonde de nos discussions ont eu raison de nous et nous ont rapprochées davantage encore.

Nous nous sommes trouvées, nous sommes complémentaires comme le Ying et le Yang. Elle est aussi impulsive et loufoque que je suis douce et calme. Elle m'a appris à extérioriser, je lui ai appris à se canaliser.

Elle a toujours été une amie fidèle, attentionnée, généreuse, drôle et j'en passe. Elle va terriblement me manquer.

Je crois que nous aimons notre loyauté ainsi que notre capacité à nous comprendre au-delà de notre personnalité.

Nous allons surmonter cette épreuve qui se présente.

Elle me serre très fort contre elle, ses bras autour de mon cou, pleurant à chaudes larmes contre mon épaule, ses magnifiques cheveux bruns me caressant le bout du nez.

– "Oh, Ewa ! Tu vas tellement me manquer."

Je ne peux m'empêcher de lui murmurer dans un soupir :

– "Toi aussi, Maëlys, toi aussi !"

Mes parents me rappellent à l'ordre, car si nous nous attardons trop, nous allons louper notre avion.

Je me sépare à contrecœur de mon amie, lui laissant un dernier baiser sur la joue.

Lorsque je me retourne, la valise en main, ce jeune homme mystérieux a disparu. Pourquoi me regardait-il avec insistance ? Que me voulait-il ?

Ma mère m'interpelle de nouveau, me sortant de ma rêverie.

J'ouvre la portière pour m'installer à l'arrière. Tandis que la voiture démarre, j'adresse un dernier signe d'au revoir à Maëlys, découvrant ses yeux couleur ébène embués de larmes, et lui souffle : "On se reverra".

Chapitre 1

"L'équitation est la plus noble expression d'une union charnelle."
- Jacques FERRON -

– "Pour commencer Ewa, tu emmènes ton cheval jusqu'à l'obstacle au galop en X. Tu continues sur ta lancée afin de pouvoir démarrer ta volte au trot en A, à main gauche. Tu reviens à ton point de départ et tu enchaînes sur une demi-volte au galop, pour terminer ton parcours avec une transition au trot."

Mon cheval, Eden, part au triple galop alors que je lui ai à peine effleuré les flancs. Il prend son élan et s'envole. Il enchaîne à la perfection les figures demandées par mon coach, Hubert. J'ai l'impression que nous sommes sur la même longueur d'onde. Il suffit que je rentre en contact avec lui, par le biais de mes aides, pour qu'il me comprenne.

Lorsque je suis arrivée en Amérique, j'ai pris la décision de m'inscrire dans ce club équestre. J'ai fait la connaissance d'Eden et nous avons dû apprendre à nous apprivoiser. Ça n'a pas été de tout repos car nous sommes deux caractères forts mais nous avons fait plus ample connaissance. Depuis, nous ne nous sommes jamais séparés. Cela fait maintenant trois ans que j'ai quitté la France.

A chaque fois que je le monte, je me sens légère comme une plume. Nous sommes liés. Nous sommes dans notre bulle. Ce cheval me rend conquérante, puissante, il est la perfection incarnée.

Je vais continuer à m'entraîner jusqu'à mon concours d'obstacles qui se déroulera dans trois mois en Italie.

Hubert met fin à notre séance pour aujourd'hui, je m'arrête en plein milieu de la carrière avant de passer la jambe par-dessus la croupe de mon cheval pour mettre pied à terre.

Je prends la direction de la sortie, Eden sur mes talons et remonte l'allée en route vers l'écurie, afin de le préparer pour une agréable nuit.

Une fois mon cheval raccompagné, je mets mes écouteurs dans les oreilles puis lance ma playlist.

Sur la musique de **Lindsey Stirling, "The Arena"**, je commence à enlever sa selle puis son tapis, que je dépose délicatement à l'entrée de son box, tout en fredonnant. Je lui caresse subtilement les flancs afin de lui faire part de ma présence, remontant mes mains le long de son encolure pour lui retirer en douceur le filet.

Avant d'entretenir et de ramener le matériel à la sellerie, je commence à panser Eden. C'est un moment privilégié que nous partageons après chaque séance. Je pense qu'il apprécie autant que moi cet instant.

Tout à coup, je sens quelque chose m'effleurer l'épaule ce qui a le don de me faire sursauter. Je me retourne brusquement :

– "AAAaaaahhhhhh !!!! Putain, Andrew, tu m'as fait une de ces peurs. Mon cœur bat à cent à l'heure."

Je m'écrie en posant la main sur ma poitrine, essoufflée.

J'ai rencontré Andrew quand je suis arrivée à l'Université d'Alabama. J'ai dû quitter mon cocon familial de Floride pour pouvoir être admise en Fac de langues étrangères.
Nous possédons certains amis en commun. On a très vite sympathisé. Il se trouve qu'il est également le petit frère d'Hubert, mon coach équestre.
Aujourd'hui, l'un ne va pas sans l'autre. Nous sommes inséparables.

Il me regarde surpris avec ses grands yeux bleus.

– "Désolé, ce n'était pas volontaire", me dit-il.

Il s'appuie au chambranle de la porte, un genou relevé, les bras croisés tout en gardant les yeux rivés sur moi afin de m'observer durant le pansage de mon cheval.

– "Ce n'est pas grave, mais à l'avenir, évite de me foutre une frousse pareille".

Le dos tourné, je l'entends étouffer un rire.

Il se reprend, s'exprimant avec son sourire des plus charmeurs :

– "Blague à part, je venais te voir suite à ton entraînement que j'ai suivi de ma tour de contrôle".

Il a pour habitude de s'installer systématiquement sur le banc qui est situé juste sous les arbres près de la carrière, afin de ne pas louper une miette de ma séance de travail. Il a pour habitude d'épauler son frère lors de mes séances d'entraînement.

– "Alors, qu'en as-tu pensé ?" lui répondis-je.
– "Tu dois accentuer davantage tes appuis pour qu'Eden exécute, plus précisément, les figures demandées."
– "C'est noté, chef".
– "Ewa, ne prend pas mes conseils à la légère, ton concours est dans trois mois, il faut impérativement que tu le gagnes. C'est la première fois que tu participes à ce type de compétition hors du territoire. Les concurrents proviennent de différents horizons. Nous devons montrer de quoi l'Amérique est capable."
– "Je t'écoute, Andrew, et je mettrai en œuvre tes précieux conseils, ne t'inquiète pas. Avec toi et ton frère, je serai une cavalière exemplaire et bien préparée pour le CSI[1] de San Remo".
– "OK, je te fais confiance. Affaire à suivre ! Mais je ne venais pas te voir pour ça. Je voulais savoir si tu voulais te joindre à nous pour fêter l'anniversaire d'Hubert dans la salle de détente ?"
– "Non pas ce soir, je n'ai pas fini de m'occuper d'Eden, j'ai encore tout son matériel à nettoyer et à ranger. Je dois ensuite rentrer pour préparer mes affaires afin de m'organiser concernant la rentrée de demain".

J'intègre mon avant-dernière année de fac et il faut que j'étudie d'arrache-pied pour l'examen qui se déroulera l'année prochaine.

– "Allez viens avec nous, ça ferait plaisir à Hubert."

[1] CSI : Concours de Saut d'obstacles International

– "Vraiment ? Ce ne serait pas plutôt à toi que ça ferait plaisir ?"
– "Euh..... bah... euh.... "bafouille-t-il.
– "Oh, ne rougis pas comme ça, je plaisantais voyons".

Depuis notre rencontre, Andrew, a su se faire une place importante dans ma vie. Aucune ambiguïté n'a été instaurée entre nous, malgré ce que peut penser notre entourage.

– "C'est comme tu veux, Ewa, mais après le gâteau d'anniversaire, j'aurais pu te ramener au campus. Ce qui t'éviterait de prendre les transports en commun avec cette odeur de cheval."

Il adore me taquiner. Ce type de réflexion est monnaie courante chez lui. Ce genre d'humour l'a toujours fait rire.

Avec toute la force que je peux mettre après une belle séance d'entraînement, j'envoie la brosse que j'utilisais dans sa direction.

Il l'évite de justesse en sortant du box tout en se moquant de mon geste désespéré.

* * * *

Quelques minutes plus tard, après m'être attelée aux tâches qui m'incombaient, j'ouvre délicatement la porte de la salle de détente qui se met à grincer. Vive la discrétion !

Hubert s'adresse à moi sans me regarder :

– "Ah, Ewa, tu es venue finalement. On ne t'attendait plus."

Je me demande comment Hubert a su que c'était moi qui patientais sur le pas de la porte. Comme si je ne me sentais pas assez mal à l'aise, Andrew se permet de rajouter devant toute l'assemblée :

– "C'est parce qu'elle ne souhaite pas prendre le bus pour rentrer au campus dans cet accoutrement, accompagnée de l'odeur que les cavaliers apprécient tant. Elle préfère que son chevalier servant la ramène au volant de son beau destrier."

Tout le monde autour de la table part dans un éclat de rire.

Je rentre doucement dans la pièce, légèrement embarrassée, faisant glisser une mèche de cheveux derrière mon oreille. Je présente mes excuses pour ce retard.

Hubert, surpris par ma réponse, me lance :

– "Tu n'as pas à te justifier, Ewa, il n'y a aucun souci. Tu es et seras toujours la bienvenue chez nous."

Je m'approche de la table puis me saisis de la chaise située entre Hubert et Andrew pour m'y installer.

Mon ami me sert une part de gâteau à la fraise, mon préféré.

Les conversations fusent sur tous les thèmes et sans tabou. C'est une seconde famille pour moi ici.

Andrew passe ses doigts sous mon menton afin de tourner ma tête dans sa direction avant d'essuyer, de la pulpe de son pouce, les miettes qui restaient sur ma bouche. Ce geste de sa part me surprend, ce n'est pas dans ses habitudes d'agir de la sorte. Cette attitude me trouble. Je détourne aussitôt mon visage, et reprend le fil de la conversation.

La soirée se termine, Andrew me ramène au campus.

Arrivés devant le bâtiment, je m'empresse de le remercier, prête à sortir du véhicule, lorsqu'il se saisit instantanément de mon poignet.

- "Ewa, je ne veux pas que notre amitié s'effrite à cause de moi. Mon geste de tout à l'heure était déplacé. Excuse-moi."
- "Ne t'inquiète pas, Andrew. Ce n'est rien. Ça m'a surprise c'est tout. Bonne soirée."

Je claque la portière du véhicule laissant Andrew dubitatif derrière moi. Je ne sais pas à quoi il joue.

Son comportement de ces derniers temps est de plus en plus étrange. Pourtant lui et moi, nous avons toujours été très proches. Ça nous est même arrivé de dormir ensemble, sans l'ombre d'un doute sur notre relation. Nous étions le genre de binôme qui complétait nos phrases, l'un commençait, le deuxième finissait. Nous avions toujours l'impression d'avoir fait partie de la vie intégrante de l'autre. Alors pourquoi du jour au lendemain, est-il devenu tactile ? Beaucoup trop tactile ? Des rapprochements de plus en plus présents ont lieu. J'ai l'impression qu'un certain niveau d'attirance s'installe. Son attitude instaure une incertitude dans mon esprit. Je ne sais plus quoi penser.

Chapitre 2

"Les bons amis t'aident à retrouver des choses importantes lorsque tu les as perdues ; ton sourire, ton espoir et ton courage".
- Doe ZANTAMATA -

J'ai l'impression d'être secouée dans tous les sens, telle une petite tortue, dans les premières minutes de sa vie, défiant les vagues pour rejoindre sa famille. Tandis que j'ouvre délicatement une paupière, je peux apercevoir la chevelure blonde de ma colocataire devenue mon amie me chatouiller le visage.

Quand tout à coup une voix tonitruante parvient jusqu'à mes oreilles :

– "Réveille-toi feignasse, tu vas être en retard." Braille Alice.

Je l'ai rencontrée lorsque je suis rentrée, pour la première fois, dans la chambre qui m'avait été attribuée lors de mon arrivée au campus. J'avais été surprise de découvrir la décoration que ma nouvelle colocataire avait pris soin de mettre en place.

Cette chambre, notre chambre, était le reflet de sa personnalité. Les murs étaient peuplés de posters des chanteurs du moment. Ses draps, sa couverture, son oreiller tout était rose bonbon. A première vue, une poupée Barbie avait élu domicile ici. Même une odeur de barbe à papa emplissait la pièce. Après avoir scruté les moindres détails de la chambre, mes yeux se posèrent finalement sur la jeune fille blonde déjà présente.

Elle était allongée sur le lit, plongée dans sa lecture, les pieds relevés qui se balançaient d'avant en arrière.
Alice était déjà installée depuis quelques heures, ce qui lui avait permis de visiter les lieux.
Cette jeune fille est tellement pleine de vie et dynamique, que lorsqu'elle m'a vu pénétrer dans cette petite pièce, elle sauta du lit, me pris par le bras et m'emmena à travers les innombrables couloirs pour me montrer les environs. Je n'avais même pas eu le temps de déposer mes affaires.
On avait l'impression de se connaître depuis toujours.
Elle me rappelait étrangement Maëlys. A croire que je sélectionne mes amies sur les mêmes critères.

Maëlys, cette jeune fille qui représentait tout pour moi, sœur, amie, confidente. Même si, depuis mon départ de France, j'ai continué à prendre de ses nouvelles et inversement, la distance n'aidant pas, nous nous sommes éloignées l'une de l'autre. Mais je me promets de retourner la voir, un jour. Depuis que je me suis installée en Amérique, un vide immense s'est creusé dans ma vie. Elle m'a terriblement manquée et elle me manque encore. Alice ne pourra prendre sa place mais elle a comblé ce gouffre, le remplissant de nouveau avec son enthousiasme, m'entraînant dans ses crises de folies.

– "Mmmmmmmmhhhhhh !!!" Répondis-je, en faisant glisser l'oreiller sur ma tête afin de protéger mes oreilles de sa voix cristalline du matin.
– "Dépêche-toi ça fait déjà une heure que le réveil sonne, tu ne vas pas être en retard pour ton premier jour, quand même."

A peine a-t-elle eu le temps de prononcer ses mots que je me suis relevée comme un diable qui jaillit de sa boîte. Dans la précipitation, je me suis cognée, comme tous les matins, à l'une des étagères qui orne le mur, au-dessus de mon lit. Elles sont peuplées d'innombrables romans que j'ai déjà lus au moins trois fois. Il va vraiment falloir que je pense à déplacer cette étagère.

Tout en me frottant le front, je me lève puis me saisis de ma trousse de toilette, direction la salle de bain du campus.

Toutes les douches sont déjà prises sauf une. Je m'y engouffre, avant que quelqu'un me passe sous le nez pour s'y installer. Les étudiantes qui logent dans ce bâtiment sont coutumières du fait, je m'en méfie donc comme de la peste.

Je tire le rideau afin de me consacrer un minimum d'intimité avant de me déshabiller puis j'ouvre l'eau. La désagréable sensation qui vient de se poser sur mon corps me fait hurler :

– "Putain de merde !"

Avec ma chance, je suis tombée sur la seule douche qui n'a plus d'eau chaude depuis des années. Je le sais en plus, mais il a fallu que ça tombe sur moi !
Tant pis, je n'ai pas le choix, de toute manière d'après les scientifiques, il n'y a rien de mieux que l'eau froide pour la peau et les cheveux.

Je passe rapidement le pommeau de douche sur mon corps faisant profiter la moindre parcelle de peau de l'eau glacée. Ce n'est pas du tout agréable mais il faut faire avec, je ne peux pas me permettre de ressembler à une femme qui ne prend pas soin d'elle dès mon premier jour de cours.

Une voix lointaine se fait entendre me sortant de ma rêverie :

- "Ewa !!!!!! Ewa, t'es où ?".
- "Je suis là Alice, dans la dernière douche. Tu sais, celle que la direction du campus n'a toujours pas jugée utile de réparer".
- "Oh ma pauvre ! Je te souhaite bon courage." Me dit-elle en pouffant.
  "J'étais venue te dire que je commence à partir, sinon je vais être en retard. Je n'ai pas envie de faire comme toi. Vaut mieux une seule personne que deux, sinon on va se faire remarquer."

Tandis que je l'entends déjà passer le pas de la porte, j'hurle :

- "Oui, vas-y, Alice, je t'en prie, pars sans moi. Lâcheuse ! Et puis je ne suis pas en retard !"

Je ne lui en veux pas car elle a toujours eu peur d'être à la bourre, c'est une fille très consciencieuse voire une bonne élève. Il faut qu'elle soit présente à l'université au moins trente minutes avant pour être rassurée.

Je finis de prendre ma douche, enroule une serviette autour de ma poitrine et retourne dans notre chambre.

J'enfile un petit haut col bateau de couleur prune, rehaussé par un décolleté en dentelle accompagné d'une jupe plissée noire.

J'attache mes cheveux châtains en une queue-de-cheval haute, chausse des petites chaussures à talons et pars en direction de l'université.

Je sors du campus pour attraper mon bus .... Que je vois me passer sous le nez.

Chapitre 3

"Etudie non pour savoir plus mais pour savoir mieux".
- Sénèque -

Après quelques minutes de course effrénée, j'arrive enfin essoufflée à l'université avec mes chaussures à la main .... mais pas en retard.

Note pour plus tard : ne pas se réveiller une heure après l'alarme.

Je me souviens de mon émerveillement en découvrant l'université. Tout était grand, démesuré, d'ailleurs je dois avouer que les premiers jours, il m'est arrivé de me perdre dans ces nombreux bâtiments. J'avais bien la petite carte qui m'avait été remise lors de mon arrivée, mais je ne saisissais rien à l'organisation de la structure. J'ai bien vite compris que la voiture était le seul moyen de locomotion privilégié par les étudiants.
Il faut vraiment que je pense à passer mon permis.

Des mèches se sont échappées de ma queue-de-cheval, je souffle sur l'une d'entre elles collée à mon front par la transpiration. Je suis déjà dégoulinante de sueur dès le matin. Super !

J'enfile mes chaussures puis m'élance en direction du bâtiment des langues étrangères, j'arrive juste à temps.

J'ai toujours adoré les jours de rentrée. Découvrir l'effervescence des lieux. Les anciens étudiants qui se tapent dans les mains, ravis et pressés de pouvoir raconter leurs inoubliables vacances à leurs bandes de potes. De voir les nouveaux étudiants perdus par toute cette agitation cherchant à tâtons leurs chemins comme je l'avais fait à mon arrivée au tout début.

Je souris, pensive et ravie par le spectacle. Je me dirige vers l'intendance pour récupérer mon emploi du temps ainsi que tous les papiers administratifs à remplir.

Une fois les documents en ma possession, je sors du bureau avec une telle précipitation que je me fais bousculer dans le couloir éparpillant tous mes dossiers au sol. L'inconnu ne se retourne même pas.

A croire qu'il ne s'est pas rendu compte qu'il avait percuté quelqu'un :

– "Eh ! Ne t'excuses surtout pas, je t'en prie trace ta route... Mais c'est ce qu'il fait en plus."

Je souffle, légèrement exaspérée par ce manque de courtoisie. Je me baisse pour ramasser mes affaires éparpillées sur le sol. Lorsque je me relève, je me retrouve face à un couloir désert. Les étudiants ayant déjà récupéré leurs livres dans leurs casiers sont déjà en place dans leurs cours respectifs.

– "Et merde, ça y est maintenant je suis officiellement en retard."

Je jette un œil à mon planning afin de regarder où a lieu ma première heure de cours. D'après mon emploi du temps, salle

3G7. Evidemment il faut qu'elle se trouve au troisième et dernier étage sans ascenseur, c'est bien ma veine.

Enfin arrivée à destination ! J'ouvre à la hâte la première salle de cours que je vois. Je me retrouve face à un professeur qui m'est totalement inconnu. Une femme filiforme se présente à moi, blonde, les cheveux attachés en un chignon, habillée en tailleur. J'en déduis que ce n'est pas le professeur Jones.

Me sentant observée, je me tourne vers l'assistance. La gêne s'empare de moi, le rouge me monte instantanément aux joues car tous les regards, étudiants, professeur inclus de l'amphithéâtre sont braqués sur ma petite personne.

L'enseignante s'écrie :

– "Oui, mademoiselle, vous êtes ? ".

Surprise, les yeux écarquillés, je bredouille :

– "Ewa ... Ewa Poclega".

Après avoir minutieusement lue et relue, de long, en large et en travers la liste d'étudiants qui lui a été attribuée, elle relève la tête dans ma direction :

– "Je suis désolée, Mademoiselle Poclega, mais vous ne faites pas partie de mon cours."

Décidément, miss poisse est de retour, je me suis trompée de salle.

Je ressors en présentant mes excuses, toute penaude en me dirigeant cette fois-ci vers la bonne salle de classe.

Je toque à la porte puis rentre tête baissée :

– "Mademoiselle Poclega, vous êtes en retard, je ne vous attendais plus".

Pas la peine de relever la tête pour reconnaître la voix rauque qui vient heurter mes oreilles.

Je vous présente notre enseignant, Monsieur Jones, cheveux blancs hirsutes comme s'il s'était coiffé avec les doigts dans la prise, lunettes sur le nez, professeur d'allemand, dragon à ses heures perdues.

La nouvelle année promet d'être riche en rebondissements.

Chapitre 4

"C'est la passion avec laquelle tu vis ta vie qui détermine l'ampleur de tes réalisations".
- Auteur inconnu -

La cloche retentit annonçant la dernière heure de cours. Je ramasse mes affaires sur le bureau, dis au revoir au professeur puis me dirige vers la sortie.

Plongée dans mes pensées, je ne me rends pas compte que quelqu'un arrive en face de moi. Je le percute de plein fouet :

– "Oh, Andrew, excuse-moi, je ne t'avais pas vu arriver !"
– "Ce n'est pas grave, mais je suis désolé Ewa, je dois y aller."

Il me répond précipitamment afin de couper court à la conversation tandis que je lui murmure :

– "Mais Andrew ..... ."

Je n'ai même pas eu le temps de finir ma phrase qu'il tournait déjà à l'angle du couloir.

J'ai un mauvais pressentiment. Pourquoi Andrew m'éviterait-il ? Qu'est-ce que j'ai pu faire ou dire qui lui aurait déplu ? J'espère qu'il n'est pas resté focalisé sur notre conversation de la dernière fois. Son comportement m'intrigue.

En sortant du bâtiment, j'aperçois Alice qui m'attend. Comme d'habitude, elle est adossée au grand arbre qui longe l'entrée principale, pianotant sur son téléphone.

- "Coucou Alice, comment s'est passé la rentrée de ton côté ?"
- "Très bien. Et toi ma chérie ?"
- "Oh, tu sais.... Une rentrée ordinaire. J'ai rencontré quelques soucis. Mais tu commences à avoir l'habitude de mes petites anicroches."

Nous partons dans un fou rire tout en nous dirigeant vers sa voiture, une havane cuba de couleur Rose, bien sûr !

On parle d'Alice, la fille la plus excentrique de tout le campus.
Lors du trajet retour en voiture, je regarde le paysage défilé par la fenêtre sur le son de **"One Call Away" de Charlie Puth**.

Mon amie m'interpelle me sortant de ma contemplation :

- "Qu'y a-t-il, ma chérie, tu as l'air pensive ?"
- "Je pense à Andrew. J'ai l'impression qu'il m'évite. Tu sais quelque chose sur le sujet, par hasard ?"

Elle se racle bruyamment la gorge avant de reprendre.

- "J'ai cru entendre par un de ses potes, qu'il aurait demandé à l'intendance de l'université d'apporter quelques modifications à son planning. J'ai l'impression qu'il essaye d'éviter un peu tout le monde." Me précise-t-elle.
- "Je ne sais pas ce qu'il a Alice, et je t'avoue que ça m'inquiète un peu. On a toujours été inséparables, et

là du jour au lendemain, il m'adresse à peine la parole. J'espère qu'il n'a pas de problèmes."

– "Oh non, Ewa, ne pense pas ça. Il nous en aurait parlé quand même..... Enfin, j'espère !" ajoute-t-elle dans un murmure.

Un silence pesant s'installe entre nous, l'inquiétude se lit sur nos visages déjà froissés par nos nombreuses pensées concernant notre ami. Jusqu'à notre arrivée au campus, seule la douce musique de la radio emplit l'habitacle.

* * * *

Nous pénétrons dans notre chambre sans qu'un seul mot ne franchisse nos lèvres, toutes les deux plongées dans nos pensées. J'espère sincèrement qu'Andrew ne nous cache rien de grave.

– "Bon, Ewa...." S'écrit Alice. "Nous n'allons pas nous enfermer dans ce désespoir. On saura bien assez tôt ce qui se passe dans sa belle petite tête brune."
– "Tu as raison mais je ne peux pas m'empêcher de penser à lui. Il faut que je me change les idées, et pour ça rien de mieux que la couture. Je dois finir de confectionner mon costume pour le concours."
– "Oh oui c'est vrai, ton concours. Dans trois mois tu deviendras une championne internationale. Je regrette de ne pas pouvoir vous accompagner."
– "Ne t'emballe pas, Alice, je suis encore loin d'être nommée championne."

Je m'installe à ma table de couture puis mets en route ma machine. J'ai presque terminé ma tenue, il ne me reste plus que les boutons à coudre et je pourrai passer à l'essayage définitif.

– "Sois franche Alice, qu'en penses-tu ?" Je m'adresse à elle après avoir enfilé mon pantalon et ma veste d'équitation.

Elle me prend la main pour me faire tourner afin de m'admirer sous tous les angles.

– "Waouh !!! Sincèrement, je n'ai rien d'autre à ajouter. Tu as des doigts de fée ma chérie. Ce costume est magnifique. Tu seras la plus sexy des cavalières. D'ailleurs, je suis certaine que tu en feras bander plus d'un." Ose-t-elle ajouter en m'adressant une petite tape sur les fesses.
– "Euh... Alice ! Arrête tes conneries, tu vas me faire rougir."

Tout en agitant sa main délicatement de haut en bas afin de désigner l'intégralité de mon corps, elle poursuit :

– "Je ne déconne pas, Ewa. Arrête d'être si prude ! Ne te cache pas bon sang, assume tes formes, tu es magnifique. Tu possèdes une belle poitrine que toutes les créatures qui détiennent un attribut masculin rêveraient de caresser, des hanches voluptueuses, une paire de fesses à faire damner un saint. Tu n'es pas capable de t'en rendre compte, ce que je trouve bien dommage. Profites de la générosité que la nature t'a offerte, ma chérie. Profites de la vie !"

Je l'observe gesticuler dans tous les sens, un sourire espiègle se dessinant sur mon visage avant d'enchaîner :

– "Dis donc, Alice, avec tous ces compliments, je vais penser que tu as viré de bord".
– "Oh non ma chérie ! Si je te le dis c'est que je le pense, tu me connais. Mais ne t'inquiète pas, de ce côté-là je suis servie." Me dit-elle avec un sourire taquin.

Alors que je prends place, confortablement installée en tailleur, sur mon lit, je lui réponds, attendant patiemment la suite des évènements :

– "Oh j'ai loupé quelque chose ? C'est vrai que ces derniers temps entre mon concours et les études, on a plus trop eu le temps de mettre en place nos éternelles discussions de filles. Alors vas-y raconte-moi tout. Toujours avec Mattew ?"

Mon amie se joint à moi, s'allongeant sur le ventre, à mes côtés, les coudes sur le matelas et la tête au creux de ses mains.

– "Ah non, Mattew c'est fini. C'est Stephen maintenant."
– "Rien que le prénom est sexy, je n'imagine même pas ce que ça doit être au lit, petite coquine."
– "Sensuel et intense." S'empresse de me répondre mon amie.

Nous discutons encore quelques heures, partagées entre émotions et rires.

Alice se tourne vers le radio réveil puis s'interrompt brusquement :

– "Oh merde ! Ewa nous étions tellement plongées dans notre conversation que nous n'avons pas vu l'heure tourner. Il est déjà une heure du matin, faudrait peut-être aller se coucher. Sinon on ne va pas s'en remettre." Rigole-t-elle.

Elle m'étreint avant de partir se préparer pour la nuit.

Je soupire :

– "Oui, parce que demain est un autre jour."

Chapitre 5

"Voyager, c'est partir à la découverte de l'autre. Et le premier inconnu à découvrir, c'est vous."
- Olivier FÖLLMI -

Trois mois se sont déjà écoulés depuis la rentrée, les vacances scolaires commencent mais je n'ai pas le temps de me reposer sur mes lauriers, je dois me préparer pour partir à l'aéroport.

J'entends le klaxon qui retentit. Je regarde par la fenêtre et aperçois Andrew accompagné d'Hubert qui sont déjà là.

Je fais une bise express à ma copine, car comme d'habitude je suis en retard, avant de me précipiter vers la sortie.

Eden est déjà parti direction l'Italie depuis quelques jours, avec toute l'équipe équestre, afin d'arriver à temps pour les épreuves. Il doit également effectuer une période de quarantaine imposée par le pays pour être fin prêt pour le concours.

Je monte dans la voiture direction l'aéroport de Birmingham. A peine un pied posé dans l'habitacle qu'Hubert me demande :

- "Avant de partir, as-tu pris tous tes papiers Ewa ?"
- "Oui, Hubert c'est bon, on peut y aller."

Andrew ne m'adresse toujours pas la parole. Il se doit de nous accompagner afin d'assister son frère mais j'ai l'impression qu'il le fait à contre cœur.

En revanche, j'ai pu constater que ces derniers temps, il a continué de m'ignorer. Il n'assistait plus à mes entraînements et m'évitait à l'université.
Lorsque j'arrivais dans le couloir, il faisait demi-tour.
J'aimerais vraiment connaître le fond de ses pensées afin de savoir ce qui se passe.

Après deux heures de route, nous arrivons enfin sur les lieux.

Nous pénétrons dans le hall d'accueil, les enceintes diffusent **"Wake me up" d'Avicii.** Je me sens euphorique à l'idée de me retrouver dans un pays que je ne connais pas pour ma première compétition internationale.

Tandis que dans nos esprits, nous sommes déjà à des kilomètres d'ici, j'entends Hubert s'écrier :

– "Allez-vous enregistrer les jeunes. Je vais descendre les valises de la voiture en attendant."

Je prends Andrew par la main afin de l'accompagner au guichet des enregistrements. Je le sens frémir sous mon toucher.

Arrivés devant le bureau, sa main me lâche, je regrette immédiatement la chaleur de sa peau.

– "Bonjour, billets et pièce d'identité, s'il vous plait." Annonce l'hôtesse.

Je fouille dans mon sac tandis qu'Andrew tend ses papiers.

Le temps qu'il se fasse enregistrer je sens la panique me gagner, je ne retrouve pas mon passeport. Alors que je continue à chercher partout, mes yeux s'embuent, prête à fondre en larmes à la moindre contrariété, j'entends l'hôtesse s'écrier :

– "A votre tour jeune fille."

Voyant que je ne bouge plus, Andrew se retourne :

– "A ton tour Ewa, qu'est ce qui se passe ?"

Les yeux brillants, je lui annonce que je ne retrouve pas mes papiers.

– "C'est une blague ! Mais putain, tu te fous de ma gueule. Mon frère t'a demandé avant de partir si tu avais tout, tu lui as répondu que oui. Ils doivent bien être quelque part ces papiers. Vide ton sac !"

L'hôtesse s'impatiente faisant taper frénétiquement ses ongles sur le comptoir :

– "Bon jeunes gens, si vous ne retrouvez pas vos papiers, vous ne pourrez pas embarquer. Le temps que vous cherchiez, laissez-moi finir mon travail. Au suivant !"

Vidant l'intégralité de mon sac sur le sol de l'aéroport, je me rends à l'évidence, rien. Aucun papier à l'horizon.

Je distingue au loin Hubert arriver avec nos valises, chargé comme une mule. Ne lui laissant même pas le temps de poser toutes les affaires, son frère lui annonce que nous ne pouvons pas partir par ma faute. Quel traître ! Tandis que je le vois s'agiter dans tous les sens, expliquant la situation, précisant le moindre détail de ma misérable aventure.

Mon coach se tourne vers moi rouge de colère, et encore c'est un doux euphémisme, hurlant de rage :

– "Dis-moi que ce n'est pas vrai Ewa ? Tu nous fais une blague, c'est ça ?"
– "Malheureusement non Hubert, c'est la triste vérité."
– "Mais ce n'est pas possible, cette fille est un vrai boulet. Dis-moi ce que tu n'as pas compris dans la phrase : "As-tu pris tous tes papiers Ewa ?" Putain mais ce n'est pas vrai, tu nous fais vraiment perdre notre temps là ?"

D'un seul coup, une vague de souvenir traverse ma mémoire. Je regarde Hubert les yeux écarquillés, je viens de réaliser où je les avais laissés.

– "Qu'est-ce qui se passe ?"
– "Mon passeport est resté dans la photocopieuse du campus."
– "C'est hors de question qu'on y retourne on va perdre quatre heures." M'annonce Hubert. "Appelle Alice et demande lui si elle ne peut pas te les emmener. En attendant, nous sommes obligés d'annuler ce vol car elle ne sera jamais arrivée à temps, même si elle part maintenant. Je vais essayer de nous prendre trois autres billets pour le prochain avion. Tu fais vraiment chier Ewa !"

Je retiens mes larmes avec difficulté. Je me rends bien compte que pleurer ne servira à rien, ça ne changera pas les événements.

Je compose, d'une main tremblante, le numéro d'Alice :

- "Allo !"
- "Alice, c'est Ewa. J'ai un énorme service à te demander."

Après lui avoir expliqué les faits et m'être fait engueuler par à peu près tout le monde, elle accepte de faire la route pour me déposer mon passeport.

Hubert de nouveau à nos côtés, agite les billets sous nos yeux. Tout en nous les tendant, il ajoute d'un ton glacial :

- "J'ai expliqué la situation au guichet. Ils ont accepté de changer les billets à condition que je paye un supplément. Ce que j'ai fait, mais tu as intérêt à le gagner ce concours et remporter la mise parce que ton voyage me coûte cher Ewa."

Je lui suis très reconnaissante. En regardant les billets de plus près, je me rends compte que j'en ai seulement deux en ma possession.

Je lève mon regard vers lui, surprise, un sourcil relevé.

- "Je ne pouvais changer le vol que pour deux personnes. Je partirai donc devant. Vous me rejoindrez là-bas, votre avion est dans deux heures trente. Ce qui laisse le temps à Alice d'arriver avec ton passeport."
- "Je ne sais pas comment te remercier Hubert. J'ai vraiment été un gros boulet sur ce coup là, j'en suis désolée."

– "Trop tard, c'est fait. Les conneries sont réparées. Mais à l'avenir vérifie avant de me dire oui."

Je viens de réaliser que depuis qu'Hubert est revenu avec les billets, Andrew n'a pas dit un mot.

Je me retourne et le trouve blanc comme un linge, livide. A croire que ce voyage en tête à tête avec moi ne l'enchante pas tant que ça.

– "Ça n'a pas l'air d'aller Andrew."
– "Euh... Si, si. Tout va bien !" me répond-il avec un sourire crispé.

Lui qui était d'habitude si enjoué, devient de plus en plus distant.

Je décide de ne pas m'attarder sur le sujet. Nous allons nous retrouver seul à seul pendant quelques heures. J'espère que ce sera pour lui l'occasion de s'ouvrir davantage.
Peut-être que je connaîtrai enfin le fin mot de l'histoire.

Hubert part rejoindre le hall d'embarquement afin de prendre son envol sans nous. Nous le retrouverons à l'autre bout du monde dans quelques heures.

En attendant notre prochain vol, et ayant besoin de me confier, je décide d'appeler mes parents pour leur raconter mes dernières péripéties.

– "Allo, Maman ?"
– "Oh mon petit Faon. Je suis si contente de t'entendre. Comment vas-tu ?"

D'aussi loin que je me souvienne, ma mère m'a toujours appelée par ce petite surnom. Elle disait que c'était dû à mes yeux de biche dessinés en amande de couleur noisette ainsi qu'à mon regard doux et langoureux qui me valait le joli surnom de "petit Faon". Je dois reconnaître que je l'aime ce petit sobriquet, je le trouve unique, mignon, gentil et mystérieux. Le raclement de gorge de ma mère me sort de ma rêverie, je me reprends aussitôt :

– "Pas très bien."

Je lui raconte ce que nous venons de traverser.

– "Le problème est réglé, maintenant ?"
– "Oui". Dis-je des trémolos dans la voix.
– "Alors ce n'est plus la peine de t'en soucier. Sèche tes larmes, mon petit Faon et profite de ton voyage. Appelle-nous dès que tu arrives en Italie."
– "Oui Maman."
– "Attends avant de raccrocher, ton père souhaite te parler."

Mon père est devenu sourd il y a deux ans. Ça faisait un an que nous habitions sur le sol américain.

Il est ingénieur en aéronautique. Lors de l'un de ses nombreux essais de moteurs, son collègue n'a pas sécurisé le périmètre et ne s'est pas rendu compte que mon père se trouvait encore sur les lieux. Il a lancé le réacteur, ce qui a provoqué une déflagration.
Mon père n'a plus rien entendu depuis ce jour.

Avec ma mère, nous avons souhaité continuer à communiquer en famille. Ce n'est pas parce qu'il n'entend plus le son de nos voix, que nous devons tous nous murer dans le silence.

Nous avons donc pris des cours de langue des signes en même temps que lui.

Je souhaite d'ailleurs me spécialiser dans ce domaine, afin de prouver que les entendants peuvent avoir une place essentielle au sein du monde des sourds et muets. Je souhaite exercer en tant qu'enseignante de cette belle langue universelle.
J'entends la douce voix mélodieuse de ma mère dans l'écouteur me traduire les mots de mon père.

– "Malgré le fait que depuis petite tu es excessivement maladroite et tête en l'air, j'ai toujours été très fier de toi. Tu es courageuse, téméraire, volcanique et aventurière. Tu nous le prouves encore en partant vers l'inconnu pour poursuivre tes passions ainsi que tes rêves. Je t'aime très fort ma puce, prends soin de toi et donne-nous de tes nouvelles." Fini de me traduire ma mère, des sanglots dans la voix.
– "Bon voyage mon petit Faon". Ajoute-t-elle.

Je raccroche le regard brouillé par les larmes tandis que je discerne Alice, qui arrive près de nous en courant, brandissant mon passeport au-dessus de sa tête.

– "Ça y est ma chérie. Tu vas pouvoir partir finalement avec deux heures de retard. Mais c'est le résultat qui compte. Peu importe combien de temps tu mets à accomplir ce voyage."

Je la vois chercher autour d'elle avant de reprendre son flux de paroles :

- "D'ailleurs, je ne vois pas Hubert, ni Andrew. Ne me dis pas qu'ils t'ont abandonnée et que tu dois prendre l'avion toute seule ?"
- "Non Alice ! Hubert a été obligé de partir sans nous mais Andrew sera du voyage avec moi."
- "Quelle chanceuse tu es !"
- "Pas tant que ça. Je te rappelle que moins il me parle, mieux il se porte depuis quelque temps."
- "Tiens justement en parlant du loup, on en voit la queue". Pouffe-t-elle en me donnant un coup de coude dans les côtes, fier de son jeu de mots.

Andrew revient vers nous pour m'annoncer que notre avion part dans trente minutes. Nous devons nous enregistrer une bonne fois pour toutes.

- "Bon voyage à tous les deux !"

Alice fait la bise à Andrew puis se tourne vers moi pour m'enlacer.

Tandis qu'elle repart vers son véhicule, son rire à gorge déployée nous parvient. Une fois son souffle reprit, elle nous lance à la volée :

- "Au revoir les amoureux."

Andrew se tend à mes côtés. Je me retourne afin de lui faire face, et distingue le rouge lui monter aux joues. Tentant de l'ignorer, il reprend en se retournant précipitamment, direction le hall d'embarquement :

- "Bon allez, on y va. On a assez perdu de temps comme ça."

Je lui prends le poignet, le retenant afin qu'il me fasse face.

– "Que se passe-t-il Andrew ? Pourquoi es-tu si distant avec moi ces derniers temps ? Tu rencontres des problèmes ? Dis-moi ce qui se passe dans ta petite tête."

Je le vois déglutir, ses yeux plongés dans les miens, il ajoute :

– "Ce n'est pas le moment, Ewa. Nous devons y aller."

Il se renferme instantanément, ôtant son bras de mon emprise et part d'un pas précipité vers les guichets.

Je sens que le voyage va être long, très long.

Chapitre 6

"Fais de chaque jour un tremplin pour remplir ta vie d'aventure, de passion et d'énergie en y injectant de nouvelles découvertes à explorer."
- Robin SHARMA -

Je regarde par le hublot. Mes yeux pétillent d'admiration rien qu'à observer la ville éclairée, surtout quand je sais que nous survolons la France. Les hauts parleurs grésillent lorsque le commandant de bord annonce que nous amorçons notre descente en vue de l'atterrissage à l'aéroport de Nice, situé à cinquante kilomètres de San Remo.

Je me tourne vers Andrew qui dort toujours, ses écouteurs sur les oreilles, d'où s'échappe la douce mélodie de **"There's Nothing Holdin'Me Back" de Shawn Mendes**. Il n'a pas décroché un mot du voyage. Je n'ai pas souhaité remettre le sujet sur le tapis vu la colère dans laquelle ça l'a mis avant notre départ.

Je ne peux m'empêcher de le regarder dormir et approche mon visage du sien, posant délicatement ma main sur sa joue. C'est un jeune homme magnifique qui ne laisserait indifférente aucune jeune fille. Je ne comprends pas qu'il ne souhaite pas s'aventurer davantage dans une relation amoureuse. Je ne vois pas ce qui l'en empêche.

Mes doigts effleurent délicatement sa peau pour venir replacer sa mèche brune qui tombe négligemment sur son front.

Je sens qu'il se réveille, ses yeux s'ouvrent doucement, éblouis par la luminosité ambiante. Je me retourne précipitamment vers le hublot, rouge de honte, de nouveau attirée par la vue qui se présente à moi. J'ai peur qu'il me découvre dans cette position. Je ne veux pas qu'il se rende compte que je l'admirais, pensive.

– "Nous sommes arrivés ?" Me demande-t-il.
– "Nous atterrissons ......" Je réponds mal assurée.

Quelques minutes plus tard, nous descendons de l'avion, direction le hall d'arrivée pour récupérer nos valises.

Après ces longues heures passées dans les airs, nous étions enfin dehors à respirer l'air frais. Andrew lève la main faisant signe à un taxi de s'arrêter.
Ce dernier freine à proximité pour nous permettre de nous engouffrer dans l'habitacle.

Plusieurs minutes ont défilé avant que le taxi ne franchisse enfin la frontière qui divise la France de l'Italie.

Le temps d'effectuer les kilomètres qui nous séparent de notre hôtel à San Remo, je regarde par la fenêtre, fascinée par ce si beau paysage qui défile sous mes yeux.

Nous longeons la plage bordée de magnifiques palmiers. J'ouvre la fenêtre afin de m'enivrer de l'odeur de la mer, le vent venant caresser mes cheveux. J'admire les petites ruelles colorées de la ville qui nous mènent à notre destination.

Me sentant observée, je me tourne vers Andrew, je le surprends à me regarder de ses magnifiques yeux bleus tout en me souriant timidement. Je suis stupéfaite par son léger changement d'humeur. Ne voulant pas le brusquer, je me retourne de nouveau vers la fenêtre afin de ne pas le mettre mal à l'aise.

Le taxi nous dépose devant une somptueuse bâtisse, le conducteur y descend afin de sortir nos valises du coffre.

Nous pénétrons dans le hall et découvrons Hubert qui nous attend au bar de l'hôtel.

– "Ravis de vous revoir les jeunes. Le voyage s'est bien passé ?"
– "Oui tout s'est bien passé. Nous sommes enfin arrivés à bon port. Avec beaucoup de retard, mais nous sommes là." Je réponds avec enthousiasme.
– "A cause de qui ? On se le demande." Enchaîne aussitôt Andrew d'un ton dur et sec.

Je reste bouche bée par cette subite provocation. Andrew m'a toujours taquiné mais il ne s'est jamais permis de me parler sur ce ton.

– "Houlà les jeunes. On dirait qu'il y a de la tension dans l'air ! Vous allez monter vous coucher, vous devez être très fatigués. Il faut que vous soyez en forme pour la journée qui nous attend. Vos chambres sont au deuxième étage. La nuit porte conseil et demain est un autre jour". Ajoute Hubert en nous tendant les cartes qui donnent accès à nos chambres respectives.

Nous récupérons nos clés puis nous partons chacun de notre côté.

* * * *

Avant d'aller me coucher, je prépare mes affaires pour le lendemain. Mon stress est à son paroxysme, j'aurais bien besoin de décompresser sinon je ne vais jamais pouvoir dormir.

J'entends qu'on frappe à la porte de la chambre, je vais ouvrir et tombe nez à nez avec Andrew.

- "Bonsoir Andrew. Tu as besoin de quelque chose ?"
- "Euh.... Non.... Je ne crois pas. ... Je ne sais même pas pourquoi je suis venu en fait." Me répond-il tout bas.
- "Si tu as besoin de parler, je suis là. Tu veux entrer ?"

Il pénètre dans la chambre silencieusement, je referme la porte derrière lui puis me retourne.

Il plonge son regard azur dans le mien tout en s'approchant de moi, lentement.

Je sens sa main glisser le long de mon cou, dans un geste intime, son pouce vient me caresser la joue. Il pose son front contre le mien. Son souffle chaud sur mon visage, cette proximité si soudaine me trouble. Il approche dangereusement ses lèvres des miennes et m'embrasse avec passion, comme s'il retenait ce rapprochement depuis des années.

Voyant que je réponds tendrement à son baiser, il m'embrasse de plus belle, la fougue s'emparant de lui. Ce rapprochement se fait plus sauvage encore, il s'empresse de me plaquer dos au mur. Je passe mes bras autour de son cou.

Il me soulève, ses mains se posent sur mes fesses, me donnant libre accès pour me permettre d'enrouler mes jambes autour de sa taille.

Andrew bifurque face au lit, s'avance davantage et m'y dépose délicatement.

Moi qui cherchais un moyen de décompresser, je crois que j'ai trouvé la meilleure solution.
Il m'embrasse de nouveau avec passion, mais s'arrête brusquement. Il quitte mes lèvres, laissant un froid glacial prendre sa place. La chaleur de son corps contre le mien me manque déjà.

- "Quelque chose ne va pas, Andrew ?"
- "Je ne peux pas faire ça....." Me souffle-t-il troublé par la situation.

Il se relève d'un bond, se tourne sans un regard dans ma direction, où il me laisse dans l'incompréhension.

Andrew quitte ma chambre, m'abandonnant allongée sur le lit, désemparée.

Complètement troublée, je ne comprends absolument pas ce qui vient de se passer.

Chapitre 7

"Les obstacles sont ces choses que tu vois lorsque tu perds l'objectif de vue."
- Henry FORD -

La nuit dernière a été très agitée. Après le passage d'Andrew et la raideur de mes muscles due à mon anxiété, j'ai rencontré quelques difficultés à m'endormir. J'ai beau retourner la situation dans ma tête, je ne comprends toujours pas son comportement.

Je sors de la salle de bain habillée d'un jean et d'un débardeur noir. Je laisse mes cheveux châtains dégringoler le long de mes épaules. Je me préparerai pour le concours au dernier moment.
Je descends prendre mon petit déjeuner au restaurant de l'hôtel. Toute l'équipe équestre ainsi qu'Hubert et Andrew sont déjà installés.

Tout en m'approchant de la table, je m'exclame :

- "Bonjour tout le monde."
- "Bonjour ma belle", me répond Hubert, "bien dormi ?"
- "Ça aurait pu être mieux." Dis-je, regardant discrètement vers Andrew.

Ce dernier m'évite s'empressant de se lever de table, on dirait qu'une mouche l'a piqué.

- "Je pars devant préparer Eden. On se rejoint à l'hippodrome."

Nous le regardons tous partir surpris par ce changement d'humeur.

- "Je ne sais pas ce qu'à mon frère en ce moment, mais ça ne lui réussit pas."
- "Ah ! Toi aussi tu as remarqué. J'avais l'impression d'être parano."
- "Non, j'ai remarqué depuis plusieurs mois déjà. Mais tu sais, il ne se confie pas. A moi comme à toi apparemment. Sinon tu ne me poserais pas cette question."
- "Je confirme". Lui répondis-je.
- "Bon allez ma belle. Ne te mine pas avec ça, pour le moment. On aura l'occasion d'en reparler avec lui. En attendant prend un bon petit déjeuner et va te préparer, on part dans une heure."

Mon petit déjeuner englouti, je remonte dans la chambre m'apprêter. Andrew est déjà parti, je n'entends aucun bruit sortir de la pièce voisine.

Je rentre dans la salle de bain car il est temps d'enfiler ma tenue de cavalière. Je me regarde dans la glace. Après cette nuit atroce, j'ai un visage à faire peur et ne suis pas du tout présentable pour le concours.

Je décide de mettre un petit coup de maquillage très léger, histoire de rester un minimum naturelle. Je tresse mes cheveux avant de me saisir de ma bombe.

Ça ne fait pas de miracle mais j'ai déjà meilleure mine. Je descends rejoindre l'équipe direction l'hippodrome.

* * * *

Arrivée sur les lieux du concours, je retrouve Andrew dans le box attribué à mon cheval en train de s'atteler à la préparation d'Eden.

– "Coucou mon beau, tu m'as tellement manqué." Dis-je en m'approchant d'Eden pour lui caresser le museau.

Andrew se retourne affolé, la surprise se lit sur son visage. Ma démarche a dû le désarçonner. Il me donne l'impression d'être complètement désorienté.

– "Ne prend pas peur Andrew, je ne m'adressais pas à toi. Ne t'inquiète pas."
– "Je n'ai pas pensé une seule seconde que ces mots doux pouvaient m'être destinés."
– "Non à peine ! Vu la terreur qui est apparue dans tes yeux. Tu sais Andrew, il va peut-être falloir qu'on parle de ce qui s'est passé hier ?"
– "Pas maintenant Ewa, ce n'est pas le moment-là."
– "Ce n'est jamais le moment avec toi, A......"

Un timbre chaud et suave que je ne connais pas, nous interromps dans notre conversation.

– "Bonjour. Ewa c'est ça ?"
– "Euh..... Oui c'est ça ! Bonjour." Répondis-je surprise.

Tandis que cet inopportun pénètre d'un pas sûr de lui dans le box de mon cheval, le son de sa voix me parvient jusqu'à mes oreilles.

– "Je ne me présente pas. Tout le monde me connaît." Dit-il avec un accent arrogant et haut perché. "Je venais juste voir comment se préparait ma concurrente à la défaite. A tout à l'heure. Bien évidemment, je ne te souhaite pas bonne chance étant donné que je vais gagner." Me dit-il sortant du box tout en m'adressant un vaste salut de la main.

Je le regarde sortir, ébahi par tant d'aplomb, de prétention, de fierté, d'arrogance, ... réunis en une seule et même personne.

– "Putain ! Non mais quel culot. C'est qui ce mec, sérieux. A part être un goujat, infâme et prétentieux ?"
– "C'est Matteo". Me répond Andrew. "Matteo Federicci, un concurrent de taille. Il a tellement de trophées et de médailles à son actif qu'on ne les compte même plus. Autant que son tableau de chasse, je suppose. Il a remporté une belle palette de concours. Sans compter qu'il a séduit autant de femmes, avec son air arrogant et orgueilleux, je ne vois pas ce qu'elles lui trouvent. Comme tu peux le constater il est aussi beau que prétentieux."
– "Et bas dis donc, Andrew. Tu as l'air d'en connaître un rayon sur ce personnage." Lui répondis-je étonnée.
– "Normal, j'ai étudié tous les dossiers de tes concurrents. Pour savoir à qui tu aurais affaire. Chose que tu aurais dû faire également, afin de connaître leurs points faibles et leurs points forts."

Et paf !!! Prends ça dans tes dents, Ewa. Je décide de ne pas lui en tenir rigueur pour le moment. Je me dois de rester zen et calme pour être prête quand mon tour viendra. Même si mon sang ne fait que bouillir.

J'espère pour lui qu'il ne sera pas dans les parages quand ça explosera parce que ça risque de faire mal.

* * * *

– "Le CSI de San Remo peut enfin commencer. Notre premier concurrent à entrer sur la piste est bien évidemment, Matteo Federicci, notre grand vainqueur. Celui qui fait honneur à sa patrie, notre belle Italie."

Le commentateur débute sa tirade en ne tarissant pas d'éloges sur notre beau et charismatique cavalier.

J'admire la carrure de Matteo, qui je dois le reconnaître, est un sacré concurrent. On ne va pas se mentir, son physique est très attrayant, mes yeux s'attardent un peu trop sur son corps.

Concentres-toi Ewa, putain ! Ce n'est pas le moment de divaguer.

Il parcourt les obstacles à la perfection, pas un seul toucher, pas une erreur.

A la fin de l'épreuve, le commentateur reprend :

– "Un sans-faute comme d'habitude. Félicitation Matteo, je pense que tu es en bonne voie pour de nouveau remporter ce trophée."

Les candidats défilent les uns après les autres. Finalement mon tour arrive, je suis huitième sur la liste.

Le temps que le présentateur m'annonce, Hubert m'aide à monter pour éviter de dérégler les étriers déjà mis en place.

– "Aller, Eden, c'est à nous. Montre-leur de quoi les américains sont capables. Nous pouvons battre ce Matteo."

Eden agite ses oreilles vers l'avant m'indiquant qu'il reste attentif à mes propos. Ce cheval comprend tout ce que je lui dis, c'est un super coéquipier, je ne pouvais imaginer meilleur confident.

Je rentre sur la piste, salue l'assemblée en exécutant une figure de dressage, avant de démarrer mon parcours.

Chapitre 8

"Dans la vie, il n'y a pas de problèmes et d'obstacles ; il n'y a que des défis et des épreuves."
- Michel BOUTHOT -

Je suis en train d'amorcer le prochain obstacle, lorsqu'en plein virage, à l'approche des spectateurs, un violent bruit strident se fait entendre. Eden s'affole, j'essaye tant bien que mal de le calmer mais rien n'y fait. Dans sa panique, il se cabre, me faisant tomber à la renverse. Je n'ai même pas le temps de réaliser ce qui m'arrive, qu'il part au triple galop piétinant de tout son poids ma cheville gauche.

Un hurlement transperce les tympans du public. Mon hurlement, lorsque j'entends mes os craquer sous la masse de mon cheval.

Me tenant la cheville, je sens les larmes couler le long de mes joues. Je prends appui de toutes mes forces sur le sol pour pouvoir me lever. J'ai l'impression que je ne vais pas réussir à surmonter cette épreuve, seule. Cette souffrance devient intolérable tant la douleur est présente, des fourmillements se font sentir remontant jusqu'à ma hanche. Mes jambes n'arrivent plus à me soutenir. Elles lâchent, m'écroulant sur le sable de la carrière dans un bruit sourd. Ma respiration se coupe, je suffoque rencontrant une grande difficulté à remplir mes poumons d'air. A travers mes yeux embués de larmes, je discerne au loin Hubert et son frère courir dans ma direction.

Je sens un bras passer sous mes jambes et l'autre venir se poser dans mon dos. Lorsque j'ouvre les yeux, je distingue Andrew me soulever pour m'emmener loin de la carrière.

Sous la douleur insupportable, ma tête commence à tourner tandis que mes paupières se ferment me plongeant dans un état comateux.

Plus rien n'est visible autour de moi tandis que je plonge dans un abysse sans fond.

* * * *

Lorsque je me réveille, des murs d'un blanc immaculé apparaissent autour de moi. J'ai l'impression qu'on m'a déposé à l'hôpital. Hubert est assis à mes côtés, sa main dans la mienne caressant du pouce l'intérieur de ma paume. Je distingue, au pied du lit, Andrew marcher comme un lion en cage.

Les contusions qui sont apparues sur tout mon corps me font horriblement souffrir. J'essaye de me relever avec difficulté mais la force me manque et les douleurs atroces ainsi que les courbatures ne m'aident pas.

– "Houlà, non ma belle." Dit Hubert en me recouchant. "Ne tente pas de te lever pour l'instant. Tu es à l'hôpital, ma douce. Ils t'ont attribuée une chambre après les examens médicaux que tu as subis. Nous attendons le verdict des médecins. En attendant, ils t'ont mis une attelle ainsi qu'un bandage à la cheville pour la maintenir en place."

Un coup frappé à la porte nous fait tous sursauter. Andrew se dirige vers l'entrée pour aller ouvrir. D'où je suis, un mur me bouche la vue et m'empêche de distinguer qui est notre visiteur surprise. Des hurlements nous parviennent :

– "Qu'est-ce que tu fais là, connard ? Tu n'as rien à foutre ici, dégage."
– "Laisse-moi passer."

Malgré le peu de fois où j'ai pu entendre cette voix, je la reconnaîtrais entre mille.

Matteo pénètre dans la chambre le bousculant au passage.

Hubert se lève instantanément, faisant le tour du lit. Je distingue d'ici l'orage qui s'annonce. Il s'adresse à Andrew :

– "Qu'est-ce qu'il fait ici celui-là ?"

Les deux frères, unis contre Matteo, font barrage afin de l'empêcher de m'approcher davantage.

– "Depuis quand on a besoin d'une invitation pour venir rendre une visite à l'hôpital, bande d'abrutis ?" Leur assène Matteo.

Je ne laisse pas le temps à mes deux gardes du corps de répondre que je les interromps :

– "Laissez-le entrer. Je suis assez grande pour me défendre et je serais curieuse de connaître le pourquoi de sa venue. Vas-y Matteo, on est tout ouïe ?"

Il se faufile entre mes deux alliés, un sourire triomphant affiché sur le visage. D'un pas mesuré, il s'avance en direction du lit.

– "Je venais juste prendre de tes nouvelles. Je sais que tu dois t'interroger sur ma véritable raison, après tout je te connais à peine."

Je le fixe, un sourcil levé, avant de lui répondre :

– "Oui effectivement."

Il s'assoit sur la chaise qu'Hubert a libérée, installée à mes côtés. Sans gêne, il prend ses aises comme si nous étions des amis de longue date. Son regard toujours plongé dans le mien, son sourire se déformant en une grimace à la vision de l'évènement traumatisant survenu quelques heures plus tôt.

– "J'ai vu la violence de ton accident. Je t'avoue que ça m'a assez perturbé. Je voulais voir comment tu allais."
– "Et bah, comme tu peux le constater ce n'est pas la grande forme". Lui répondis-je grimaçante et à bout de force.

Des coups frappés à la porte interrompent notre conversation, les médecins en charge de mon dossier rentrent sans attendre notre approbation.

Andrew se dirige d'un pas décidé vers Matteo pour le saisir violemment par le bras. Avec toute la force dont il est capable, il le fait sortir sans son autorisation et le jette hors de la chambre :

– "A partir de maintenant, la situation ne te concerne plus. D'autant qu'elle ne te concernait pas à la base. Je ne sais pas ce que tu veux réellement, ni ce que tu es venu faire là. Mais une chose est sûre, tu n'as pas intérêt à t'approcher d'elle."

Il ponctue la fin de sa phrase en lui claquant la porte au nez.

Chapitre 9

"J'ai appris depuis longtemps que, pour soigner mes blessures, je devais avoir le courage de les regarder en face."
- Paulo COELHO -

Les médecins s'approchent de moi, affichant leurs plus beaux sourires sur leurs visages respectifs. Tandis qu'un des spécialistes se charge de me faire passer les derniers examens, un autre prend la parole, je suppose que c'est le responsable. Il m'a l'air de prendre toutes les décisions incombant à son service :

– "Bonjour Mademoiselle, vous êtes enfin réveillée. Comment-allez-vous ?"
– "Ça reste hyper douloureux ! Je rencontre des difficultés pour me lever, pour bouger, même respirer m'est devenu très pénible."
– "Je comprends. Vous avez fait une sacrée chute. Vos amis étaient morts d'inquiétude. Bon je n'ai pas que des bonnes nouvelles mais il y a eu plus de peur que de mal."

Andrew, excédé par cette approche trop précautionneuse de la part des médecins désireux de devenir diplomate, nous interrompt en tapant du poing contre le mur :

– "Bon les gars, ce n'est pas tout mais on n'est pas là pour enfiler des perles. N'y allez pas par quatre chemins, dites-nous une bonne fois pour toute le verdict de ses blessures."

– "Calmez-vous jeune homme sinon nous vous demanderons de sortir". Affirme un des médecins.
– "Me calmer, non mais vous plaisantez, j'espère ?"

Hubert se tourne vers son frère s'adressant à lui avec fermeté :

– "Ça suffit Andrew ! Tu ne nous aides pas là. Nous sommes déjà dans une situation délicate. Ewa en souffre et toi tu ne trouves pas mieux que d'en rajouter davantage. Alors va nous attendre dehors s'il te plait."
– "Hors de question, je reste avec vous. Mais ne me demandez pas de me calmer."
– "DEHORS ANDREW !" s'énerve Hubert.

Surpris, Andrew recule de quelque pas mais ne remet pas en cause l'autorité de son frère. Il se dirige dans le couloir, claquant la porte derrière lui.

Je n'ai jamais vu Hubert dans une telle rage, encore moins contre son propre frère. J'ai l'impression que nous sommes tous à bout avec cet accident et les conséquences qui l'accompagnent. Mon coach se tourne vers moi, ses yeux exprimant toute la désolation qu'il peut ressentir en cet instant. Il murmure à mon intention quelques mots réconfortants, s'excusant pour les agissements déplacés d'Andrew puis reprend en s'adressant de nouveau aux médecins :

– "Désolé pour ce petit interlude. Nous vous écoutons."

Les praticiens se raclent la gorge, hésitants, ils continuent leurs explications là où Andrew les a interrompus :

– "Tout d'abord, vous allez devoir rester en Italie quelques temps. Vous pourrez reprendre l'avion pour retourner en Amérique que dans quatre mois. Ensuite, concernant vos blessures, vous avez trois côtes fêlées ainsi que le sternum, ce qui vous empêche de bouger, de respirer. Ces derniers se ressouderont tous seuls, il faut juste beaucoup de repos et de temps. Vous possédez également de nombreux hématomes qui se résorberont tout doucement avec l'aide d'un peu de pommade et de médicaments que nous vous prescrirons. Pour finir et pas des moindres, concernant votre cheville ..... ". Il s'attarde un peu trop longtemps sur ce dernier mot.
– "Oui continuez, je vous écoute." Dis-je par saccade, reprenant doucement ma respiration.
– "Elle n'est ni cassée, ni tordue."
– "Ah c'est plutôt une bonne nouvelle." Répondit Hubert, réjouissant.

Lorsque j'aperçois le regard des médecins, ainsi que les rides qui se creusent davantage sur leurs visages, je peux qu'en déduire que c'est loin d'être une information qui peut nous ravir.

Un des spécialistes ouvre de nouveau la bouche pour nous porter le coup fatal, une indication supplémentaire qui risque de chambouler ma vie à tout jamais :

– "Non ce n'est pas une bonne nouvelle, malheureusement. Les os de votre cheville sont écrasés. Ce qui veut dire qu'il faut les laisser se ressouder, seuls, tout comme vos côtes. Avec quelques séances de rééducation, elle sera de nouveau fonctionnelle, mais elle sera fragilisée. Vous rencontrerez des difficultés à vous remettre sur pied les premiers temps. Par la suite vous pourrez de nouveau marcher normalement, même si elle restera à vie vulnérable."

A la fin de leur discours, Hubert ressent le besoin irrépressible de poser la question qui se situe sur toutes les lèvres. On devine bien qu'ils nous cachent quelque chose.

– "Je sens que vous ne nous dites pas tout, docteur. Allez droit au but s'il vous plait. La torture a assez duré pour Ewa."

Les médecins déglutissent à l'unisson, des coups d'œil passés de l'un à l'autre traversent la pièce, tandis que l'angoisse nous submerge. D'un même regard, ils se tournent vers nous et finissent par nous annoncer :

– "Elle ne pourra plus jamais remonter à cheval."

Alors que cette dernière information parvient jusqu'à mes oreilles, mes yeux s'embuent de larmes, je ne peux m'empêcher d'hurler :

– "QUOI ?"

Les médecins me regardent, compatissants. Malheureusement, ça ne pourra pas changer les événements, ce qui est fait est fait. Ce qu'ils viennent de m'annoncer vient de m'achever, de me détruire. Je ne suis plus que l'ombre de moi-même, une coquille vide, voilà ce que je suis devenue en l'espace de quelques heures.

Les dernières paroles des spécialistes viennent se perdre dans le silence assourdissant de la pièce. Tandis que mes yeux s'égarent dans le vide.

– "Nous sommes sincèrement désolés mademoiselle. Nous vous laissons vous reposer. Au revoir."

Je distingue à peine les médecins sortirent de la chambre, refermant la porte derrière eux.

Je me tourne vers Hubert, retenant avec difficulté les larmes qui menacent de m'envahir. Ce dernier m'entoure de ses bras réconfortant, me cajolant, tout en me berçant telle une enfant. Je me sens apaisée et en sécurité si près de lui. Ne tenant plus, je laisse mes larmes venir s'écraser sur le pull de mon coach. J'entends la porte s'ouvrir dans un fracas, Andrew faisant son apparition. Me voyant partager ce moment avec son frère, il comprend à peu près l'ampleur des dégâts. D'une voix étouffée par le chagrin, les larmes, le désespoir, je m'adresse à mon protecteur :

– "Dis-moi que ce n'est pas vrai Hubert ? Je vais sortir de ce cauchemar."

Les paroles d'Andrew retentissent dans la pièce, paniqué, ne laissant pas le temps à mon coach de répondre :

– "Je peux savoir ce qu'il se passe exactement ?"

Tandis qu'Hubert passe une main dans mes cheveux pour me calmer davantage, ses muscles se tendent, il essaye de se contenir. Ce dernier lève la tête vers son frère et d'un ton qu'il veut serein, rajoute :

– "Andrew, rentre à l'hôtel afin de préparer nos affaires. Nous partons. Ewa va devoir rester quelques mois en Italie, le temps de se rétablir. Pour notre part, nous allons la laisser se reposer. Elle reviendra en Amérique quand ses blessures ne seront que de l'histoire ancienne."
– "C'est hors de question, que je reparte sans elle. Je n'ai pas la force de l'abandonner de nouveau."
– "On ne l'abandonne pas, Andrew, on n'a pas le choix. Qu'est-ce que tu penses pouvoir faire de plus ? Les médecins sont mieux qualifiés que nous pour savoir ce qui est le mieux pour elle. Ewa ne pourra revenir avec nous et reprendre sa vie normale que dans quatre mois. En attendant, elle doit rester ici pour pouvoir se reconstruire."
– "Je suis désolé Hubert mais je ne partirai pas. Je reste avec elle. Ma place est auprès d'elle. Prend le prochain vol, sans moi."
– "On en rediscutera Andrew. Pour le moment, rentre à l'hôtel je te rejoins."

Mon meilleur ami se penche vers moi, dépose un baiser sur ma joue avant de sortir de la chambre sans se retourner.

Chapitre 10

"Il n'y a pas de raccourci à la guérison ; seul le temps peut panser tes blessures."
- Auteur inconnu -

Déjà quinze jours ont passé depuis mon accident. J'ai dû assister, impuissante, au départ d'Hubert pour l'Amérique. Etant obligée de rester sur le territoire italien, il a dû se rendre à ma place à l'université afin de trouver une solution à ma situation.

Lui vouant une confiance aveugle, je pense qu'Hubert a toutes les cartes en mains pour réussir à convaincre le conseil d'administration afin de régler le problème concernant la poursuite de mes études. Malgré ma longue durée de convalescence ainsi que mes difficultés pour voyager, je suis complètement disponible pour eux s'ils le souhaitent, même à distance. La surcharge de travail qui va sûrement se présenter ne me fait pas peur. Je suis motivée même si le retard dans mes cours est un risque à prendre.

Andrew est resté auprès de moi pour le moment, dormant à l'hôtel. Les médecins ont refusé de lui attribuer le lit voisin, n'étant pas de ma famille.

Je me réveille doucement toujours dans mon lit d'hôpital. Tout est blanc, toujours blanc et encore blanc.

Je n'en peux plus de cette odeur de désinfectant, de ces locaux aseptisés.

J'ai l'impression de devenir folle, je déteste ce milieu. Je serais en isolement dans un hôpital psychiatrique que ça aurait le même effet.

Mon moral ainsi que mon âme sont brisés autant que mon corps. Ne plus exercer ma passion, c'est juste impossible, tous mes rêves tombent à l'eau.

J'ai eu mes parents au téléphone, ils étaient complètement paniqués mais heureux de me savoir vivante. Ils veulent venir me voir en Italie, mais c'est hors de question qu'ils fassent le voyage. Ils n'ont pas forcément les moyens financiers. Puis quatre mois ça passera vite.

Mais qui je veux tromper avec cette phrase, déjà quinze jours et je suis au bord de l'implosion alors quatre mois, je ne vais pas m'en remettre.
Trois coups frappés à la porte me sortent de ma torpeur :

– "Entre Andrew ! Je t'attendais, heureusement que tu viens régulièrement me voir sinon.....

Une silhouette fait son apparition près de mon lit, elle ne ressemble aucunement à Andrew. Elle a les bras chargés d'un magnifique bouquet de roses rouges.

– "... Matteo ? Qu'est-ce que tu viens foutre dans ma chambre ?"

Il fait un pas en arrière, surpris par tant d'agressivité de ma part. Son accent chantant retentit :

– "Du calme, Tigresse. Je suis ici en tant qu'ami pas en tant que concurrent. Bonjour quand même, j'espère que tu aimes les fleurs ?"

Je me radoucis aussitôt devant une telle aménité de sa part :

– "Oui merci Matteo pour cette délicate attention. C'est très gentil ! Pose-les sur la table de nuit."

Après avoir remplis la carafe d'eau pour y mettre les roses, il scrute les alentours à la recherche de quelque chose ou plutôt de quelqu'un.

– "Ton chien de garde n'est pas là aujourd'hui ?"
– "Si, il devrait arriver d'un instant à l'autre. Il vaudrait mieux pour toi que tu ne t'attardes pas."

Ne prenant pas en compte mon avertissement, il prend place dans le fauteuil installé à mes côtés.

– "Je venais prendre de tes nouvelles. Comment vas-tu après quinze jours dans cet endroit ?"

Je le regarde s'installer, les sourcils froncés contrastant totalement avec le sourire qui apparaît sur mon visage. J'imagine bien l'altercation qui risque d'arriver quand Andrew le verra nonchalamment posé sur ce fauteuil.

– "Ça pourrait aller mieux, je te l'accorde. Je ne supporte plus ce milieu. J'en ai marre d'être alitée ici."
– "Je comprends..." Murmure-t-il, pensif.
– "Je ne pense pas que tu puisses comprendre ce que je ressens en ce moment." Lui répondis-je sur un ton

désespéré. "D'ailleurs, peux-tu m'éclairer sur ta visite qui me laisse complètement perplexe."

Il respire un grand coup, prêt à débiter tout ce qu'il a à dire d'une traite.

– "J'ai une proposition à te faire, Ewa. Je sais qu'on ne se connait pas mais ça serait l'occasion de faire connaissance. Ça te sortirait de cet endroit morbide. Et tu aurais quelqu'un de présent vingt-quatre heures sur vingt-quatre et sept jours sur sept pour prendre soin de toi."

Je commence à perdre patience lorsque j'enchaîne agacée :

– "Viens en au fait, Matteo. Où veux-tu en venir ?"
– "Viens vivre avec moi le temps de finir ta convalescence ?"

J'ai failli tomber de mon lit à l'annonce de cette proposition. Je le regarde, les yeux écarquillés à leur maximum secouant la tête pour voir si je ne rêve pas. Non je suis bel et bien réveillée.

– "Je te demande pardon ?"

Andrew rentre dans la chambre à ce moment-là, coupant Matteo dans son élan.

– "Coucou ma belle, c'est moi !"

Il se stoppe net en apercevant le beau cavalier à mes côtés dans cette chambre d'hôpital. Ce dernier reprend la parole avant qu'Andrew n'ait le temps de réagir sur la raison de sa venue.

– "Bon je crois que je vais y aller, je ne suis pas le bienvenu ici."

Matteo me fait la révérence, m'octroyant un baise main digne de ce nom, à en faire rougir les nobles adeptes de cette pratique.

– "Réfléchis bien à ma proposition."

Il m'accorde un clin d'œil tout en quittant la chambre.

Je me tourne vers Andrew, son regard en dit long sur ses sentiments, à travers ses yeux et son attitude on peut y lire de l'anxiété, de la colère. Il s'approche du lit puis se saisit de ma main :

– "Il est toujours obligé de faire des sorties théâtrales, notre majesté." Me dit-il tout en mimant une révérence.

Un rire m'échappe, voyant le comique de la scène. Tandis qu'il approche ma main de sa bouche pour effleurer ma peau de ses lèvres, il ajoute :

– "Je reviens sur ce qu'il vient de dire : de quelle proposition parle-t-il, Ewa ?"
– "Je t'expliquerai."
– "Vas-y explique moi maintenant, je t'écoute."
– "Comme tu le dis si bien Andrew, ce n'est pas le moment-là."

N'appréciant pas ma remarque désobligeante, un brin vexé, il s'en va sans un mot.

Je suis contrariée par ce revirement de situation, sa présence me manque déjà mais je ne supporte plus sa crise de jalousie inappropriée, ni son humeur lunatique.

Le regardant partir, désolée par ces prises de têtes constantes, je repense à la proposition de Matteo qui est plutôt alléchante. Il va vraiment falloir que je m'attarde sur la question. Même si j'ai l'impression que cette soudaine attention pour moi cache autre chose. Je le découvrirai bien assez tôt.

Chapitre 11

"Te faire confiance, c'est ma décision ; me prouver que j'ai raison, c'est ton choix."
- Auteur inconnu -

Cette proposition a tourné en boucle dans ma tête toute la nuit, pas la peine de préciser que j'ai très peu dormi. Je ne sais pas quoi faire, quelle décision prendre. Je sais que la peur n'évite pas le danger. Mais je vais quand même me retrouver à cohabiter avec un homme que je connais à peine, dans un environnement qui me sera totalement inconnu, dans un pays où je suis que depuis quelques jours.

Seule une personne sage, voire de bons conseils pourrait me guider pour le mieux à considérer cette offre.

Mon téléphone sonne me sortant de ma rêverie. Quand on parle du loup ! Je m'empresse de décrocher, pressée de raconter mes déboires à mon coach et surtout d'avoir son avis sur la question.

– "Coucou ma puce. Je viens aux nouvelles. Comment vas-tu aujourd'hui ?"

Je secoue la tête pour me réveiller de ma torpeur avec toujours cette interrogation qui plane telle l'épée de Damoclès au-dessus de ma tête.

– "Eh oh ! T'es là ? J'ai l'impression que tu n'es pas totalement avec moi, je t'ai perdue l'espace de quelques minutes. A quoi penses-tu ?"

Entendre le son de sa voix me réconforte. Je sais qu'il sera toujours présent pour moi. Loin de ma famille, il me rassure, me protège, me soutient et me conforte dans les décisions importantes à prendre. En dehors d'Andrew, il reste aussi mon confident. Je ne souhaite pas embêter mes parents avec toute cette histoire préférant me confier à Hubert qui connaît mon état et a pu voir l'ampleur des dégâts.

Après un long moment de silence, sortant de ma réflexion, je murmure dans le combiné :

– "Hubert ?"
– "Oui ma chérie. Qu'y a-t-il ? Tu peux tout me dire."

Tandis que je prends une grande respiration avant de lui conter mon récit dans un long monologue, je l'entends me murmurer des petits mots d'encouragements m'incitant à continuer.

J'observe le parc longeant l'hôpital, par la fenêtre. Les mouettes virevoltent et jacassent entre elles essayant de temps en temps d'arracher le morceau de gâteau des mains d'un enfant, gentiment assis sur un banc à côté d'une femme qui doit être sa mère.

Dans le reflet de la vitre, j'aperçois ma bouche se mouvoir sous un flot de paroles, de mots sans que je puisse les arrêter.

Une fois ma tirade arrivant à sa fin, je respire une nouvelle fois comme si je m'étais retenue depuis le début, de peur de sa réaction avant de reprendre.

– "Qu'en penses-tu Hubert ?"

– "Je pense tout d'abord que tu as bien fait de m'en parler avant de prendre une quelconque décision. Tu sais je vais être franc avec toi. Je pense que cette proposition peut-être une bonne chose."
– "Mais...."
– "Laisse-moi finir, s'il te plaît. Tu me demandes mon avis sur la question et je vais te le donner. Dans un premier temps, pour ne rien te cacher, j'ai vu la facture de l'hôpital étant donné que l'accident s'est déroulé dans le cadre de ton activité au centre équestre, c'est bien évidemment notre assurance qui prend en charge les frais. Malheureusement, j'ai vu le montant pour les quatre mois que tu dois passer en Italie. Je leur avais demandé un devis. Ça ne s'avère pas très glorieux. Ton séjour là-bas risque de nous coûter très très cher et certaines choses ne sont pas prises en charge par notre assurance. Le fait d'aller vivre chez Matteo nous permettrait de faire des économies de ce côté-là. Après en ce qui concerne son tempérament, sa façon de vivre, etc. Je ne peux malheureusement pas t'en dire plus, je ne connais pas ce jeune homme. Mais je connais peut-être quelqu'un..... Attends, j'ai une idée, je te rappelle."

Sans me laisser le temps de répondre ou même de réagir à tout ce qu'il vient de m'annoncer, j'entends le "clic" du téléphone.

Eh merde ! Je ne sais pas ce qu'il mijote mais je crains le pire.

Après quelques passages éclairs des médecins et des infirmières à mes côtés afin de constater l'évolution de mon état de santé. Je me laisse tomber sur l'oreiller dans un soupir, fatiguée par toute cette agitation, je me blottis confortablement fermant les paupières, me laissant bercer par le bruit extérieur puis m'endors profondément.

* * * *

La sonnerie de mon téléphone me réveille en sursaut, je réponds sans me soucier de qui peut-être mon interlocuteur.

– "Re-coucou ma puce, c'est Hubert."

Je soupire, à la fois soulagée de l'entendre mais anxieuse, de ce qu'il va m'annoncer.

– "Ecoute. Tout à l'heure lors de notre conversation, j'ai eu un moment de lucidité quand je me suis aperçu que je connaissais le coach équestre de Matteo. Je me suis donc permis de le contacter pour lui parler de tout ce que tu m'as dit. Il pense pareil que moi, ce n'est pas une mauvaise chose, bien au contraire. Je lui ai posé quelques questions concernant la personnalité de Matteo. Il s'avère être un personnage haut en couleurs, si tu vois ce que je veux dire."
– "Euh...Non pas trop. Soit plus précis, s'il te plaît."
– "Bah en fait..... C'est un gentil garçon, attentionné, protecteur et affectueux. Mais tellement affectueux, qu'il m'a quand même demandé que tu fasses attention si tu décides d'aller habiter chez lui. Apparemment, tu ne risques rien à ses côtés à part peut-être quelques avances très très lourdes. Mais je te fais confiance sur ce terrain-là. Tu n'es pas le genre de femme à te laisser faire."

Je l'écoute attentivement, un sourire moqueur aux lèvres. Il a toujours eu une façon bien à lui de présenter les choses.

Je l'entends rigoler à l'autre bout du fil avant d'enchaîner.

– "Conclusion. Tu voulais mon avis et je te le donne. Malgré ce léger petit aspect de sa personnalité, je pense que tu devrais accepter sa proposition. Ça ne peut te faire que du bien. Tu n'auras plus à supporter ce milieu hospitalier, ni à subir la solitude au quotidien. Surtout pendant quatre mois, ça risque d'être très long."
– "Merci pour tes précieux conseils, Hubert. Je pense que je vais suivre la voie de la raison et accepter cette proposition en or. Encore merci. Bon je dois te laisser, les médecins doivent repasser ce soir pour un énième examen."
– "Ok ma puce. Tiens-moi au courant. Gros bisous."
– "Gros bisous."

Et je raccroche. Je crois que le plus dur dans cette histoire va être d'en toucher deux mots à Andrew.

Je contemple le paysage extérieur avant de faire la seule chose que je peux faire ici, attendre. Attendre qu'on vienne me rendre visite, attendre que les médecins viennent m'examiner. Attendre...

Demain est un autre jour.

Chapitre 12

"Même quand la blessure guérit, la cicatrice demeure."
- Publius SYRUS -

Le lendemain, comme à son habitude, Andrew me rend visite. Sa tension perçue il y a quelques jours est redescendue.

– "Salut Ewa, j'ai bien réfléchi, je crois qu'il faut qu'on parle."

Mon regard plongé dans ses yeux bleus ensorcelants, je déglutis avant de lui répondre :

– "Je confirme. On ne peut pas rester comme ça. Je ne comprends pas toute cette colère que tu ressens en ce moment, toi qui étais si doux malgré cet air que tu te donnes. Cette impulsivité que tu as. Tes sautes d'humeur et d'attitude. Explique-moi Andrew. Mais avant qu'on ait cette discussion, je souhaiterais te parler de quelque chose d'autre."

Il prend la chaise qui est installée dans un coin de la chambre et l'approche du lit. S'asseyant à califourchon dessus, ses bras posés sur le dossier du siège, il ne me lâche pas du regard. J'aperçois un tatouage sur son avant-bras que je n'avais jamais vu jusqu'à présent. Il s'est fait tatouer une phrase qui dit : "Omnia Vincit Amor". Je ne sais pas ce que cela signifie mais je devrais lui poser la question à l'avenir.

Andrew me sort de mes pensées :

– "Je t'écoute."
– "Matteo m'a fait une proposition. Et....j'ai l'intention de l'accepter."
– "Euh.... Ouais..... Ok..... Mais pour savoir ce que tu as accepté, je pourrais connaître son offre ?"

Ne souhaitant pas voir son regard quand je lui annonce la nouvelle, je baisse la tête.

– "Je pars habiter chez lui le temps de finir ma convalescence en Italie."

Un grand coup violent retentit sur la table de nuit suivi du bruit de la carafe qui se brise au sol répandant sur le carrelage, l'eau et le bouquet de roses.

Ce geste disproportionné face à la situation me fait sursauter.

– "Non mais tu plaisantes, Ewa. Et après tu t'étonnes que je m'énerve. Tu me mets systématiquement hors de moi. J'essaye de me contenir, je te jure que j'essaye. Mais avec toi dans les parages c'est juste impossible."
– "Qu'est-ce que tu veux que je te dise ? C'est une proposition en or qu'il m'offre."
– "Tu ne le connais même pas. Tu ne peux pas me faire ça. Je deviens quoi moi ? Je suis à l'hôtel actuellement pour rester prêt de toi. Et toi tu te casses dans les bras du premier salopard venu ? C'est une blague, une vraie blague, Ewa. Tu te fous royalement de ma gueule."
– "T'es sérieux Andrew ? C'est comme ça que tu me vois ? Je ne vois pas là l'occasion de partir dans les bras d'un salopard mais je vois là plutôt l'occasion de sortir de ce milieu qui me rend folle. Complètement folle.

C'est le seul pour le moment qui peut m'offrir cette opportunité."

- "Et pour ton suivi médical tu feras comment ? Tu as besoin d'aide, tu ne peux pas rester comme ça."
- "Justement, je continuerai mes séances de rééducation. Matteo me soutiendra au quotidien."

Quand on parle du loup, ce dernier rentre dans la pièce sans frapper. Comme s'il était chez lui. En même temps, il est tellement arrogant et sans gêne, qu'il se croit chez lui n'importe où.

Andrew ne lui laisse pas le temps de s'approcher davantage. Il fond sur lui comme un chien enragé. Il le prend par le col, le plaquant violemment au mur :

- "Toi, espèce de connard, je t'avais dit de ne pas l'approcher. Et qu'est-ce que tu fais ? Tu l'invites carrément à venir vivre chez toi ?"

Matteo le repousse violemment, ne le laissant pas prendre le dessus, lui répondant d'un air hautain :

- "Je suppose qu'elle a accepté ma proposition, vu l'état dans lequel ça te met."
- "Tu n'as pas l'air d'avoir entendu mon premier avertissement mais j'espère pour toi que tu seras plus attentif au second."

Un coup violent décolle de la main droite d'Andrew à la joue gauche de Matteo. J'étouffe un cri, surprise par la brutalité de son geste. Etonnée par ce revirement de situation, je crie :

- "Andrew, ça suffit, non mais qu'est-ce qu'il te prend ?"

Ne pouvant pas me lever, je me sens complètement impuissante face à la scène qui se joue devant moi.

Andrew se retourne, ses yeux injectés de sang me foudroient sur place. La haine qu'il peut ressentir me parvient de plein fouet. Je ne pensais pas que cette proposition pouvait le mettre dans une telle colère. Il quitte la pièce, sans un mot en claquant la porte derrière lui, me laissant seule face à Matteo.

Ce dernier se masse inlassablement la joue après la droite qu'il vient de prendre. Andrew n'y est pas allé de main morte. Le voyant grimacer de douleur, je ne peux m'empêcher de lui demander :

- "Ça va Matteo ? Je suis sincèrement désolée."
- "Ce n'est pas de ta faute. Mais on va y aller. Je ne vais pas te laisser avec ce fou furieux, il pourrait te faire du mal. On va préparer tes affaires et on y va. Les médecins sont prévenus que tu pars aujourd'hui."
- "Andrew, me faire du mal ? Non il ne ferait jamais une chose pareille. Il n'a jamais levé la main sur moi. C'est d'ailleurs la première fois que je le vois dans une telle rage."
- "Une première fois est vite arrivée. Je ne prends pas le risque.
  On y va !"

Matteo ouvre le seul placard de ma chambre. Il se saisit du sac de sport présent sur l'étagère du haut, entasse à la va-vite toutes les affaires qu'il y trouve. Tout en le passant sur son épaule, il se dirige d'un pas décidé vers moi.

Le voyant s'approcher, je ne peux m'empêcher de lui poser la seule question qui me vient à l'esprit, complètement paniquée :

– "Qu'est-ce que tu fais ?"
– "Je vais te porter jusqu'à ma voiture. A moins que tu préfères un fauteuil roulant parce que dans tous les cas tu ne pourras pas marcher dans ton état. Et à partir de maintenant, j'ai dit que je prenais soin de toi."

Je l'arrête dans son élan, prise d'un état de conscience :

– "Je constate que tu as déjà tout prévu alors que je viens à peine de te donner ma réponse. Comment savais-tu que j'allais dire oui ?"

Il me regarde, un sourire espiègle se dessinant sur son si beau visage, les yeux pétillants de malice, il reprend :

– "Parce que personne, pas même toi, n'aurais pu refuser une telle proposition."

Ah ouais ! Le gars est tellement vaniteux et présomptueux, qu'il était sûr de ma réponse. Je n'y crois pas. Cette cohabitation risque de s'avérer tumultueuse avec nos caractères et notre façon de vivre totalement opposés.

Il a raison, je le laisse faire, résignée.

Je sens ses bras me soulever, je m'accroche à son cou et frissonne à la sensation de ses muscles tendus sous l'effort.

– "Tu as froid ?"
– "Non, ça va."

Je pose ma tête sur son épaule, épuisée par toute cette tension. Sa respiration s'accélère mais il a l'air de bien profiter de ce moment. Je relève la tête vers son visage et aperçoit son sourire taquin. Je préfère ne pas savoir à quoi il pense à cet instant.

Il dévale les escaliers en quatrième vitesse puis sort de ce milieu si hostile d'où j'étais emprisonnée depuis deux semaines. J'ai l'impression d'être enfin libre... infirme... mais libre.

A la lueur du jour, je cligne des yeux, laissant mon corps s'habituer à la chaleur des rayons du soleil.

Il me dépose délicatement côté passager de sa Dodge Challenger grise. Un magnifique bolide.

Il ferme la portière et vient s'installer côté conducteur. Une fois le contact mis, l'autoradio s'enclenche et diffuse **"Roma" de Baby K ft. Giusy Ferreri.**

Il met ses lunettes de soleil sur le nez avant de démarrer sur les chapeaux de roues.

Chapitre 13

"Chacun à son monde, le tout est de planter ses racines dans la terre qui nous convient".
- Marc LEVY -

Je dois subir les quelques virages sur les routes sinueuses d'Italie à une allure excessivement rapide, mes mains blanchissent à être accrochées avec force à la poignée au-dessus de la fenêtre. De plus, les douleurs au niveau de ma cage thoracique me rappellent à mon bon souvenir. Mes poumons se compressent sous la violence des secousses, me coupant indubitablement la respiration. Je suffoque. Je ne suis vraiment pas habituée à ce type de conduite. Inquiet par mon comportement, Matteo lève son pied de la pédale d'accélération tout en gardant les yeux fixés sur la route, puis m'interroge ne faisant pas fait de mon état :

– "On n'a jamais trop pris le temps de faire connaissance. Recommençons depuis le début, je sais que tu t'appelles Ewa, que tu es cavalière, que tu as un petit copain très protecteur et de surcroît jaloux mais à part ça, je ne sais rien de toi."

Je rigole à cette description très succincte de moi.

– "Qu'est-ce que j'ai dit de drôle ?"
– "Rien, juste une petite erreur de jugement que je me dois de corriger car tu as l'air de ne pas vraiment être au courant. Andrew est un grand ami mais pas MON petit ami."

– "Oh, tu m'en diras tant, c'est toujours bon à savoir. Mais est-il au courant ?"

Sa remarque me fait rire mais j'enchaîne aussitôt, un peu mal à l'aise :

– "A part ça, il n'y a pas grand-chose à connaître sur moi, et si je te dis tout maintenant, il n'y aura plus rien à apprendre."
– "Mystérieuse en plus... je crois que je vais aimer cette cohabitation avec toi."

Je ne sais pas ce qu'il sous-entend par "en plus" mais je rougis instantanément, tournant mon visage à l'opposé du sien, pour ne pas voir s'afficher le sourire moqueur qu'il me réserve.

Je laisse mon regard se perdre par la fenêtre afin de m'adonner à mon passe-temps favori, observer le paysage défiler.

* * * *

Le silence présent dans l'habitacle du véhicule commence à devenir trop oppressant. Heureusement, nous passons enfin un grand portail somptueux mettant fin à ce moment gênant.

Notre voiture pénètre dans la cour d'une magnifique demeure très élégante située hors de la ville.

Un étage nous domine d'où descendent de magnifiques escaliers entourés de fleurs colorées entretenus avec soin. C'est obligé qu'une femme habite ses lieux. Il ne pourrait pas entretenir cet endroit tout seul.

Cette maison est pratiquement faite entièrement de baies vitrées. Je peux distinguer à travers la maison, une majestueuse piscine qui offre une vue panoramique sur la mer.

Je me pince le bras pour être sûre que je ne rêve pas.
La porte côté passager s'ouvre, Matteo me soulève de ses bras musclés. M'accrochant à son cou de peur de basculer, je ne peux m'empêcher de lui rétorquer :

- "Il va vraiment falloir qu'on trouve une autre solution le temps que je remarche, car tu ne vas pas pouvoir me porter éternellement."
- "S'il y a bien une chose qui ne me dérange pas dans le fait que tu viens vivre chez moi, c'est celle-là. Cette proximité me permet de te toucher, de te caresser sans passer pour un goujat."

J'hoquette, sentant mes joues se parer d'un rouge vif, par cette réponse inattendue.

- "Ne fais pas ta petite mijoré Ewa. On se connaît peut-être à peine mais je ne suis pas aveugle, ni insensible. Tu dois bien te rendre compte que tu ne laisses pas les hommes indifférents. Andrew en est la première preuve vivante."

Je préfère ne pas relever sa petite pique incisive, restant le regard plongé sur le chemin qui mène jusqu'à l'entrée de sa résidence.

Il monte naturellement les escaliers comme s'il ne m'avait pas lâchée une bombe en pleine figure. Il frappe à la porte de chez lui.

Il frappe ? A la porte de sa propre maison. Drôle de concept !

J'entends des pas arriver jusqu'à nous. La porte s'ouvre sur un homme d'une cinquantaine d'années, les cheveux poivre et sel qui se tient dans l'embrasure.

– "Bonjour Monsieur..... Mademoiselle."

Matteo pénètre dans le hall d'entrée :

– "Bonjour Edward. Cette charmante demoiselle vivra chez moi pour les quatre prochains mois."
– "Bien Monsieur."
– "Vous exécuterez tous ses caprices."

Je le regarde ébahie et lui coupe instantanément la parole m'empressant de rajouter, choquée par sa demande inattendue :

– "Euh.... Non ! Vous n'exécuterez rien du tout. C'est hors de question. Ça me gêne. Je ne suis pas habituée à tant d'attention."
– "EWA !.... Tais-toi. Ici, c'est moi le chef, c'est moi qui donne les ordres." Il s'adresse de nouveau à Edward. "Vous ferez ce que je vous ai demandé."
– "Bien Monsieur."
– "Vous pouvez disposer."
– "Bien Monsieur."

Toujours accrochée au cou de mon porteur attitré, je regarde Edward tourner les talons pour repartir à ses occupations.

Matteo monte les escaliers pour me déposer sur le lit de ma nouvelle chambre que j'occuperais les quatre prochains mois.

Mon regard immergé dans le sien, ses yeux vert émeraude me transperçant, je lui demande :

- "Tu ne me fais pas visiter ta demeure ?"
- "Pas la peine Ewa. Pour les prochains jours, tant que tu ne marcheras pas, c'est moi qui te porterai et t'emmènerai d'un endroit à l'autre. Je pense que ce n'est pas nécessaire que je te précise que je connais toutes les pièces de ma maison. Donc pas besoin de te faire visiter. Tu les découvriras par toi-même quand tu pourras te lever."
- "Je ferai en sorte de le faire rapidement alors. Histoire que tu n'en prennes pas trop goût. Je n'aime pas être dépendante, de toi encore moins !"
- "Ça ne me dérange pas." Me répond-il avec un sourire dragueur.

Je lui donne une petite tape sur l'épaule et tourne la tête, boudeuse, vers la fenêtre d'où je peux admirer la magnifique vue sur la mer.

Chapitre 14

"Un corps libre de tensions et de fatigue permet d'affronter toutes les complexités de la vie."
- Joseph Hubertus PILATES -

Voilà déjà quelques jours que je réside chez Matteo. Je me repasse en boucles les derniers évènements de ma vie, me demandant encore ce que je fais là. Si cet accident n'était jamais arrivé, je serais en Amérique à l'heure qu'il est, accompagnée de mes proches.
Mais non je suis ici, à San Remo, en Italie, entouré d'un macho prétentieux que je ne connais pas mais tout au moins attachant et prévenant.

Je lui suis néanmoins reconnaissante de m'avoir accueillie sans pour autant me connaître. Sans lui, je me trouverais toujours dans ma prison blanche, sûrement en pleine dépression.

Andrew m'a envoyé plusieurs messages depuis que je suis sortie. Il s'est rendu dans ma chambre d'hôpital, se retrouvant nez à nez avec quelqu'un qu'il ne connaissait pas. Il a complétement paniqué se demandant où je me trouvais.

Je lui ai dit que Matteo m'avait ramenée chez lui pour finir ma convalescence mais je refuse de lui transmettre l'adresse. Si c'est pour qu'il vienne faire un scandale, ce n'est pas la peine.

Des bruits de pas dans l'escalier me sortent de mes pensées. Je regarde l'heure, dix heures trente, le moment de ma petite séance de rééducation est venu.

Mon hôte pénètre dans la pièce sans frapper :

- "Bah, vas-y je t'en prie rentre !"
- "En même temps, je fais ce que je veux princesse. Je suis chez moi je te rappelle."
- "Tu n'as vraiment aucun respect pour les femmes. Comment tu aurais fait, si tu m'avais trouvé à poil ?"
- "Ça ne me dérangerait pas."
- "Pfffff ! Tu es vraiment incorrigible."

Un petit rituel a été instauré naturellement. Il prend plaisir à venir me sortir de mon lit à dix heures trente après avoir pris un bon petit déjeuner qu'il m'a gentiment préparé. Je ne sais pas pourquoi mais il ne fait jamais appel à ses domestiques lorsqu'il doit prendre soin de moi. Il m'emmène au rez-de-chaussée afin de commencer notre séance de rééducation quotidienne.

Il a installé deux barres parallèles dans sa salle de sports, afin que je puisse continuer à réapprendre à marcher, en dehors de mes rencontres avec le kinésithérapeute.

Histoire de me motiver dans cette démarche, il met la musique en marche. J'entends **"Without you" de Avicii Feat. Sandro Cavazza** qui démarre tandis qu'il m'installe aux barres. Je place une main de chaque côté. Matteo se tient devant moi ses mains posées sur ma taille. Ce rapprochement journalier me provoque toujours la même sensation. Ses doigts qui me touchent, me caressent, me font frémir.

Il ne faut pas que je succombe. Cet homme est aussi beau que dangereux.

C'est un macho, coureur de jupons par-dessus tout. Il ne me fera que du mal. Depuis, que je suis arrivée chez lui, j'en ai vu des filles défiler et jamais les mêmes. Il ne faut pas qu'il pense que je puisse faire partie de son harem.
Il me fait avancer tout en me soutenant pour que je ne trébuche pas :

- "Depuis que tu es arrivée, tu as fait d'énormes progrès Ewa. Si tu continues comme ça tu vas pouvoir prochainement remarcher normalement."
- "Vivement alors parce que j'en ai marre d'être dépendante de toi."
- "Tu sais cette situation ne me dérange pas."
- "Moi si ! Je suis une femme forte et battante, je ne me suis jamais retrouvée dans ce type de situation. C'est très compliqué pour moi. J'ai l'impression d'être un poids."
- "Il ne faut pas. C'est loin d'être ce que je pense de toi."

Je sens son regard posé sur moi, je lève la tête et aperçois ses iris émeraude brûlés de désir.

Tout en restant concentrée, j'essaye de ne pas me laisser déstabiliser. Je continue à avancer doucement mais sûrement.

Je sens ses doigts quitter lentement ma peau me permettant ainsi d'exercer ce mouvement seule.

J'avance un pas après l'autre, sentant mes jambes fléchir et mes bras tremblants, j'essaye de me maintenir debout malgré tout. Ma cheville s'est mise à flancher sans prévenir, ce qui a été le coup de grâce. Je trébuche. Il a de très bons réflexes car il me rattrape avant que je ne touche terre. Je relève la tête, mes lèvres sont à quelques centimètres des siennes. Son souffle chaud et mentholé frôle mon visage.

Je sens de l'embarras s'immiscer entre nous. Tandis que nous restons quelques secondes supplémentaires sans aucune réaction, il décide de se racler la gorge afin de mettre fin à cet échange ambigu et silencieux :

– "Bon c'est terminé pour aujourd'hui, je te remonte dans ta chambre."
– "Non Matteo, s'il te plait, dépose-moi sur le transat près de la piscine. J'ai envie de profiter du soleil ainsi que de l'odeur de la mer. J'en ai marre d'être allongée sur un lit cloîtrée dans une pièce, sans pouvoir profiter du paysage qui m'entoure."
– "Ok, comme tu voudras. Après tout je suis à ta disposition princesse."

Chapitre 15

"Concentre-toi sur le chemin que tu as à parcourir et ne regrette pas ce que tu as vécu, car toutes tes expériences et tes cicatrices ont fait de toi la personne que tu es."
- Auteur inconnu -

Le réveil est difficile ce matin. Après ma séance de rééducation quotidienne d'hier, Matteo a souhaité que je fasse travailler mon corps plongé dans la piscine afin que je diminue la pression exercée sur mes os. Il dit que la chaleur de l'eau aidera à détendre mes muscles, je me demande s'il ne parlait pas plutôt des sensations que pouvait me faire connaître la proximité de son corps. Je ne revendique pas le fait que cette séance était des plus agréables : se laisser porter par l'eau, par les bras musclés de notre beau Matteo, mais les courbatures d'aujourd'hui me font regretter les moments partagés d'hier, même si je l'avoue, j'en ai savouré chaque seconde.

Je me redresse doucement afin de m'installer sur le côté du lit, prête à mettre pied à terre. J'essaye de me lever tant bien que mal mais ma cheville reste douloureuse, mes jambes tremblent et fléchissent ne pouvant supporter davantage le poids de mon corps. Je m'écrase sur le sol dans un boucan d'enfer. La classe !

– "Putain de merde !" Hurlé-je.

J'entends la porte s'ouvrir dans un fracas monstrueux. D'où je suis, je ne peux pas distinguer la scène, mais je suppose que Matteo a donné un grand coup de latte dans ce malheureux bout de bois qui nous séparait :

– "Putain, Ewa ! Qu'est-ce que tu fous par terre ?" Dit-il se précipitant vers moi.

Levant les yeux au ciel, excédée, je lui réponds :

– "Ça ne se voit pas ? Je cire le parquet."

Il se stoppe instantanément, surpris par ma répartie, réprimant un sourire :

– "Mais c'est qu'elle a de l'humour, en plus, dis donc."

Je sens ses mains chaudes et délicates se poser sur ma taille. Il me soulève puis m'aide à m'asseoir sur le rebord du lit. Il s'accroupit en face de moi, pose une de ses mains sur mon genou, tandis que je sens son doigt passer sous mon menton pour relever ma tête. Mes yeux croisent son doux regard pétillant, je ne peux m'empêcher de le fixer intensément :

– "N'essaye plus de faire la Warrior. Tu vois bien ce que ça donne."

Mes yeux se remplissent de larmes, malgré le fait que j'essaye de les empêcher de couler de toutes mes forces, je dois me rendre à l'évidence, l'une d'elles s'échappe pour couler le long de ma joue et finir sa route sur mon tee-shirt. Je reprends d'une voix chevrotante :

– "J'en ai marre, Matteo. Comprends-moi. Je ne peux rien faire sans ton aide. C'est humiliant !"

Son pouce se pose sur ma peau pour essuyer les larmes qui frôlent mes lèvres. D'un ton doux et réconfortant, il reprend :

– "On y va doucement, Ewa. Tu remarcheras quand tu pourras. Prend ton temps. En attendant, tu es la bienvenue ici, jusqu'à ce que tu sois rétablie. Même après, si tu le souhaites." Un clin d'œil apparaît sur ce merveilleux visage.

Un silence s'ensuit durant lequel je l'observe. Cet homme qui se tient devant moi, m'a été d'un grand secours. Il m'a sûrement sauvée d'un désespoir profond dans lequel je me serais enfermée, si j'étais restée à l'hôpital. Je lui dois beaucoup, je le reconnais.

Mais je ne peux m'empêcher de penser que ce soudain intérêt pour moi n'est sûrement pas anodin. Il doit attendre quelque chose de ma part. Même s'il reste néanmoins détestable, orgueilleux, prétentieux, imbu de lui-même, narcissique et j'en passe.... il reste sensible, touchant, prévenant avec moi.
Il se relève, se détachant de moi. La chaleur de ses mains sur ma peau se fait lointaine, une vague de fraîcheur se ressent, je frissonne malgré moi.

Mon corps le réclame davantage, j'ai énormément de difficulté à réprimer cette attirance qui nait au creux de ma poitrine, un peu plus chaque jour.

Il me tourne le dos regardant la plage au loin, ses yeux se posant sur les vagues qui viennent s'échouer sur le sable chaud. La mer est agitée aujourd'hui.

Il sort brusquement de ces pensées pour me faire de nouveau face.

– "Bon trêve de plaisanterie. Que veux-tu faire aujourd'hui ma belle ?"

Je le regarde de nouveau, un sourcil levé, déterminée, les mots tant attendus sortent finalement :

– "Marcher...."

Son regard se pose de nouveau sur moi, attristé par ce simple mot qui pourrait changer les choses. Mais on sait très bien que ce ne sera pas aujourd'hui que je deviendrai de nouveau autonome.

– "Tu sais bien que ça va être compliqué, tu viens d'en faire l'expérience."

Je commence à en avoir marre qu'il me parle comme à une enfant capricieuse. Je ne suis pas ce genre de personne, je demande juste à pouvoir de nouveau et rapidement marcher. Ce n'est pas trop demander quand même. Mais apparemment si, c'est encore trop tôt pour mon corps qui ne pourra pas me supporter très longtemps. Je reste décidée par ce mouvement que je pourrais de nouveau effectuer.

– "J'en ai rien à foutre. Je vais y arriver Matteo, je vais y arriver." Lui dis-je avec un air de désespoir, les larmes aux yeux.

Chapitre 16

"Marcher c'est retrouver ce rythme qui est celui de l'univers, celui de notre respiration, celui de notre cœur..."
- Jacques MEURIER -

Un mois. Un mois que je suis là. Un mois dans cette chambre. Un mois dans ce milieu paradisiaque. Un mois que Matteo m'aide au quotidien. Un mois de rééducation sous les mains brûlantes de mon coach sportif privé.

Et devinez-quoi ? Je marche. Je marche enfin... je boîte... mais je marche.

Je me lève difficilement du lit pour me diriger vers la salle de bain afin de me rafraîchir après cette énième séance de rééducation.

Apparemment, elle est déjà occupée, j'aperçois Matteo se déshabiller à travers la porte entrouverte. J'avoue que je pourrais repartir d'où je viens, mais ce serait dommage de ne pas profiter un peu du spectacle.

Je ne l'avais encore jamais vu torse nu. Un magnifique tatouage dessiné sur son buste attire mon regard. Je distingue un majestueux lion, le regard dirigé droit devant lui, déterminé, tel un chasseur épiant sa proie. En l'examinant minutieusement, j'ai l'impression que c'est moi l'objet de sa convoitise.

Je n'ai pas le temps de le détailler davantage que Matteo relève la tête. Je me retourne précipitamment avant qu'il ne se rende compte que je le matais. Je me retrouve dos à la porte reprenant mon souffle, je ne mettais même pas aperçue que j'avais arrêté de respirer.

Maintenant que je me suis mise dans cette situation, il faudrait peut-être que j'en sorte et rapidement, avant que ça tourne au vinaigre. Je m'apprête à repartir vers ma chambre, la tête pleine de toutes les choses sensuelles et plus si affinités que je pourrais faire avec ce corps sublime.

Une main m'attrape précipitamment par le poignet. Je me retrouve plaquée au mur ne me laissant pas le temps de répliquer quoi que ce soit.
La musique **"Earned it" de The Weeknd** emplit la pièce.

Je frémis au contact de sa main sur mon poignet. Je plante mes canines dans ma lèvre inférieure face à son regard de braise. Son bras est appuyé contre le chambranle de la porte, proche de mon visage. Trop proche à mon goût :

– "Alors on m'observe en douce, Tigresse ?"

J'avale ma salive avec beaucoup de difficultés :

– "Je n'oserais jamais faire une chose pareille."
– "Petite menteuse" dit-il en faisant glisser ses doigts entre mes deux seins, descendant négligemment le long de mon ventre.

Il approche ses lèvres de mon cou, passant sa main sous mon t-shirt. Je l'entends me murmurer :

– "Tu sais que tu m'excites depuis le premier jour où je t'ai vu. Je ne pense qu'à une chose depuis ce moment-là. T'avoir plus près de moi."

Je sens la bosse de son pantalon se frotter contre ma cuisse. Putain ce mec me rend folle ! J'ai déjà eu des parties de jambe en l'air mais celle-là va s'annoncer explosive même si ma conscience me dit de ne pas succomber, je ne peux résister davantage. Je frémis sous son toucher et ose à peine bouger, profitant de ce moment. Un gémissement m'échappe.

Il glisse une main dans ce morceau de tissu qui le sépare de mon intimité afin de s'approcher davantage de mon bouton de rose.

- "J'ai l'impression que je ne suis pas le seul à être excité. N'est-ce pas ?"

Cette situation est trop pour moi, je ne me contrôle plus. Mes gestes dépassent complètement ma pensée. Je me soumets finalement à cette pulsion sexuelle qui menaçait mon corps depuis quelques jours déjà, me jetant sur lui pour l'embrasser avec fougue, le faisant tomber à la renverse.

Je me retrouve à califourchon sur son membre dressé, il me maintient la nuque en place afin que notre étreinte passionnée ne s'arrête pas là. Sa langue caresse mes lèvres avant de franchir la barrière de ma bouche.

Je laisse ma main se diriger vers sa ceinture pour retirer un à un les boutons de son jean :

- "Tu m'a l'air bien pressée tout d'un coup."
- "Tu ne crois pas si bien dire. J'ai envie de sentir ton corps bouillant contre le mien. Ton érection pleine me pénétrer sauvagement. Tes doigts me frôler et me toucher."

J'ai l'impression de ne plus être maître de mes paroles, ni de mon corps d'ailleurs. Il en demande toujours plus alors que je ne devrais pas franchir ce cap.

Mes propos l'ont excité davantage. Il soulève mon tee-shirt laissant apparaître mon soutien-gorge noir en dentelle d'où dépasse ma poitrine sulfureuse. Ce dernier se retrouve dégrafé en moins de deux libérant mes seins gonflés par le plaisir.

Cet homme reste maître de ses émotions malgré tout. Afin de reprendre rapidement le dessus, il maintient mon corps en place d'une main pour se relever comme si je n'étais pas un obstacle à cet effort.

Il déplace mes cheveux sur une épaule et laisse dans mon cou la sensation de ses baisers passionnés.

Je fais descendre son jean suivi de près par son boxer le long de ses jambes musclées. Et passe mes doigts sur sa peau tatouée. Je le sens vibrer sous mon toucher. Il me pousse sous la douche en m'embrassant à pleine bouche.

L'eau coule sur nos deux corps nus, bouillants de désirs.

Il enfile le préservatif qu'il avait pris soin de préparer. A croire que ce moment était prémédité depuis longtemps, ce qui n'est pas pour me déplaire.

Tout en m'embrassant, je sens son sexe dur me pénétrer. Il est si doux pendant l'acte. Il profite de cette opportunité autant que moi. Nous jouissons à l'unisson, ce moment est si envoûtant, si excitant.

Je n'ai jamais connu ça jusqu'à maintenant. Il a beau être orgueilleux, prétentieux, imbu de lui-même, il sait très bien emmener les femmes là où il le souhaite. Il nous emporte jusqu'à l'extase sans beaucoup de difficultés.

Cet homme qui se tient devant moi est un délice.
Tout à coup un manque se fait ressentir, je le sens se retirer et s'éloigner de moi. Il éteint l'eau, me soulevant de plus belle. J'avais peur que ce plaisir mutuel prenne fin.

Les jambes autour de sa taille, j'enfouis ma tête dans son cou faisant glisser ma langue sur ses épaules, déviant sur sa gorge, remontant jusqu'à sa bouche. Il a l'air d'apprécier car je l'entends gémir. Il m'entraîne vers sa chambre. C'est la première fois que je pénètre dans sa tanière, je ne pensais pas y rentrer dans ce contexte.

Il me dépose délicatement sur son lit, parcourt mon corps de baisers, ses lèvres se rapprochent dangereusement de mon sexe. Lorsque je sens sa langue s'introduire au plus profond de mon intimité, une vague de plaisir se déverse.

Tandis qu'un gémissement s'échappe de ma bouche, je penche la tête vers l'arrière afin de profiter pleinement de sa tendresse. Je suis surprise d'y découvrir un miroir.

Oui, oui vous avez bien compris, un miroir est accroché au plafond. Je serais curieuse de connaître la raison du choix de cet emplacement.

Je n'arrive pas encore à déceler si cet intrus me bloque dans mon élan ou m'excite. Je contemple le reflet de mon Apollon caresser mon corps et remonter jusqu'à mon cou. Je peux admirer son dos musclé et ses fesses bombées. Je découvre un second tatouage, beaucoup plus imposant que le premier, sur son dos. Un magnifique lion apparaît dissimulant une horloge, "Carpe Diem" y est inscrit.

Lorsqu'il me pénètre de nouveau, je peux sentir et apercevoir, par la même occasion, ses muscles rouler sur ses épaules pendant qu'il me fait l'amour sauvagement.

Finalement, avoir un aperçu de son partenaire sous cet angle de vue m'excite davantage. C'est surprenant de pouvoir l'observer sous différents aspects. Je crois que je vais pouvoir rapidement y prendre goût.

Je ne peux pas parler d'amour c'est encore tôt mais de désir pour lui, ça c'est sûr.

Chapitre 17

"La rancune est une perte de bonheur ; ris lorsque tu peux, excuse-toi lorsque tu devrais et laisse aller les choses que tu ne peux changer."
- Auteur inconnu -

Je suis réveillée en sursaut par des hurlements qui proviennent d'en bas. Je me lève sur la pointe des pieds et entrouvre la porte pour entendre ce qui se dit :

– "Laisse-moi rentrer connard, je dois la voir."
– "Tu es chez moi ici. C'est moi qui gère et qui commande. Ne t'inquiète pas, elle est entre de bonnes mains. Casse-toi ! Tu n'as rien à foutre là."

Je m'habille en quatrième vitesse et prend la première chose qui me vient sous la main. J'enfile un T-shirt qui se trouve être à Matteo. Tant pis je n'ai plus le temps, il faut que j'aille voir rapidement ce qu'il se passe avant qu'il y ait un meurtre. Je descends les escaliers marche après marche. Un pied sur le carrelage froid du rez-de-chaussée, je m'écrie surprise :

– "Andrew ? Qu'est-ce que tu fous ici ?"
– "Je suis venu te chercher, Ewa, on rentre."

Je me dirige vers lui, d'un pas précipité, furieuse, et le pousse vers la sortie pour lui remettre les idées au clair, dehors, loin des oreilles indiscrètes. Nous nous retrouvons sur la terrasse, je ferme la porte derrière moi me retrouvant face au regard ébahi du beau Matteo qui se tient sous mes yeux. Putain le con, il est allé ouvrir la porte à moitié nu. Je sens que cette conversation va s'annoncer des plus houleuses.

Mais désolée, en attendant nous devons avoir cette discussion en privé.

La porte fermée, je me retourne face à Andrew :

- "Comment tu m'as retrouvée ?"
- "C'est toi qui m'as dit que tu étais chez lui."
- "Je t'ai dit que j'étais chez lui, mais je ne t'ai pas donné son adresse."
- "Il est connu comme le loup blanc ici. Je pouvais demander à n'importe qui, tout le monde a son adresse."

Il s'approche de moi, son souffle frôlant ma peau, ses mains se posant de chaque côté de mon visage, il me murmure :

- "Rentre avec moi, Ewa. Tu n'as rien à faire ici."
- "J'ai encore deux mois de convalescence à faire, je ne peux pas rentrer maintenant. Je peux marcher mais je ne peux toujours pas effectuer un tel voyage."
- "J'ai passé un mois à te chercher partout. J'ai enfin réussi à trouver quelqu'un qui a accepté de me donner l'adresse de cet enfoiré. Maintenant, je te ramène de gré ou de force."

Je me retrouve soulevée du sol, mes pieds ne touchent plus terre. Il me balance sur son épaule comme une vulgaire poupée de chiffon. Je secoue frénétiquement les bras et les jambes en hurlant :

- "Lâche-moi Andrew !"

Après un coup de pied bien placé, ce dernier me repose, se tenant le sexe à deux mains.

– "Putain, Ewa ! Tu sais très bien te défendre seule et moi qui m'inquiétais pour toi."

Je reste tête baissée, culpabilisant pour cette auto-défense. Il passe un doigt sous mon menton pour que mon regard accroche le sien.

– "Je te trouve changée, Ewa. Ça ne fait pas très longtemps que nous sommes ici et pourtant tu n'es déjà plus la même femme. Il t'a touché ? Est-ce qu'il t'a fait du mal ? Si c'est le cas, un mot de toi suffit et je vais lui péter la gueule à cet enculé."

Je me redresse instantanément, les sourcils froncés, plantant mes yeux dans les siens, je pointe un doigt rageur sur sa poitrine avant de m'exclamer :

– "Tu penses que je serais en train de parler avec toi si c'était le cas ? Tu penses qu'il serait descendu t'ouvrir dans cette tenue si c'était le cas ? Tu penses sincèrement que je serais devant toi en tenue légère, si c'était le cas ?"

Réalisant que les mots sont sortis plus vite que ma pensée, je plaque précipitamment mes deux mains sur la bouche, priant le bon Dieu d'avoir rêvé. Pitié ! Dites-moi que je n'ai pas dit une chose pareille.

Il se recule, supprimant ce simple contact que nous avions. Je crois qu'il vient de percuter.

– "Oh merde ! Non, Ewa. Ne me dis pas que c'est bien ça. Ce qui explique ton accoutrement ridicule. Il t'a baisée ? Putain de merde ! Mais non ! Pas toi Ewa. Tu ne peux pas être ce genre de femme."
– "Je peux savoir quel genre de femme, tu penses que je suis ? Même si je n'ai pas trop envie d'entendre ta réponse."

Alors que je vocifère après lui, je l'observe passer une main dans ses cheveux, les yeux dans le vague, réfléchissant à la situation qui a l'air de totalement le dépasser.

Je ne comprends pas sa réaction. Il n'a jamais pu supporter Matteo, ça je le sais, c'est un fait. Mais ce que je fais de mon cul ne regarde que moi, étant donné qu'il n'en a jamais voulu.

Tout à coup, je reçois comme une gifle en plein visage.

– "Mais seules les putes arrivent dans son lit. Et tu n'en n'es pas une, alors pourquoi tu as fait ça ?"
– "Je ne vois pas pourquoi je répondrais à cette insulte. Ça ne te regarde pas, Andrew."
– "Oh que si ! Là à l'instant T, ça me regarde."

Il se recule subitement les yeux injectés de sang et les poings serrés. Il me scrute d'un regard mauvais de la tête au pied.

Jamais il ne s'était permis de me regarder de la sorte, jamais il n'aurait osé me manquer de respect comme il le fait.

– "Oh que non, Andrew, ça ne te regarde pas ! Tu n'es pas mon père. Tu ne sais pas ce que tu veux. Je ne suis pas ta chose. Tu ne peux pas me garder enfermée comme bon te semble. Tu ne veux pas de moi et je respecte ton choix. Tu as eu trois ans pour me prouver tes sentiments. Trois ans où je n'attendais rien qu'un signe de ta part. Trois ans, c'est long Andrew. Tu n'as jamais rien fait, rien tenté. Alors maintenant ne viens pas me dire ce que j'ai à faire, et laisse-moi vivre ma vie."

– "Putain, Ewa ! C'est odieux de me dire ça. Tu n'as pas le droit."

Un silence oppressant s'installe entre nous.

Andrew reprend :

– "Vas-y, laisse-tomber, tu n'as pas l'air de comprendre."

Il recule et dévale les escaliers en courant.

– "Je repars en Amérique. Je te laisse avec ton gigolo. Amusez-vous bien !"
– "Andrew !"
– "Laisse-moi Ewa. Je te laisse en charmante compagnie avec ce Dieu vivant. Profites-en ! Tu as déjà commencé à le faire."

Il remonte en quatrième vitesse dans la voiture, je le vois démarrer le moteur et taper de grands coups sur le volant. Ses haut-parleurs crachent **"Treat you Better" de Shawn Mendes**. Il passe le portail en faisant crisser les pneus puis disparaît.

Je le regarde partir, les yeux embués de larmes, me sentant totalement inutile et désemparée face à cette situation que je ne contrôle plus.

Chapitre 18

"Je ne perds jamais. Soit je gagne, soit j'apprends."
- Nelson MANDELA -

Après mon altercation mouvementée avec Andrew, je pousse violemment la porte et rentre en trombe dans la maison. C'était sans compter sur le visage angélique de Matteo qui vient de se la prendre en pleine face.

Je l'entends vociférer, lorsque je me retourne pour voir ce qui le met dans un tel état, il se tient le nez d'une main, du sang coule le long de son menton, finissant sa course sur son torse :

– "Putain, Ewa ! Je crois que tu m'as pété le nez."

Instantanément, je m'approche de lui et l'accompagne jusqu'à la salle de bain pour examiner tout ça.

– "Mais merde Matteo ! Qu'est-ce que tu foutais juste derrière la porte aussi ?"

Un gros blanc s'installe entre nous. Tandis que je me saisis d'un gant pour le passer sous l'eau, il ajoute d'un sourire espiègle.

– "Alors comme ça, d'après ce con, je serais ton Dieu vivant ?"
– "Elle était censée être privée cette conversation. Tu n'avais pas à écouter derrière la porte."

Il s'assoit sur le rebord de la baignoire. Je fais quelques pas dans sa direction pour lui appliquer, sur le visage, le morceau d'éponge imbibé d'eau.

Pendant ce temps-là, il ne se prive pas pour poser une main sur l'arrière de mes cuisses et l'autre sur ma fesse afin de rapprocher davantage son visage de mon ventre tout en gardant ses yeux levés vers moi.

– "Je sais que tes retrouvailles avec Andrew ont été des plus tumultueuses mais tu m'as, moi. Nous passons du bon temps. Ce serait dommage que cette petite altercation nous empêche de continuer."

Je me dégage de son étreinte sensuelle n'appréciant pas trop ces sous-entendus :

– "Ta gueule Matteo ! Laisse-moi tranquille veux-tu ? Ce n'est pas le moment. Je n'ai pas la tête à tes petites réflexions."

Je retourne rapidement dans ma chambre. Je sens le regard de ce dernier s'attarder un peu trop longtemps dans mon dos. Lorsque je me retourne, prête à claquer la porte de colère, je m'aperçois qu'il matait plutôt mon cul. Il ne changera jamais.

* * * *

Quelques instants plus tard, un murmure se fait entendre derrière la porte :

– "Ewa, je dois partir à mon shooting photo. Je reviens dans deux heures environ. J'espère que d'ici là, tu seras plus encline à me parler. A tout à l'heure, princesse."

Je ne lui réponds pas. Je l'entends soupirer tandis qu'il descend les escaliers en fermant la porte derrière lui. Sa voiture démarre laissant échapper par les fenêtres **"Be Mine" d'Ofenbach.**

Ça y est, je peux enfin me retrouver seule face à mes pensées. J'avais besoin de ce moment pour faire le point sur ma vie.

Je descends prendre le petit-déjeuner : viennoiseries et jus d'orange sont au rendez-vous. Puis je m'installe dans le fauteuil du salon mes cahiers de cours sur les genoux.

Hubert m'a contactée il y a quelques temps pour me prévenir qu'au vu de ma situation complexe, l'université avait accepté de faire une exception. Ils me permettent de suivre mes études à distance, afin que je puisse me préparer à passer mon diplôme l'année prochaine.

Ils me transmettent mes cours par mail et je leur renvoie mes devoirs en retour.

Je ferme mon dernier livre sur la littérature française et décide d'aller faire quelques longueurs pour décompresser de toute cette tension accumulée.

Avant que je puisse rejoindre la piscine, mon téléphone se met à sonner. Je m'en saisi, voyant la photo d'Alice s'afficher, un sourire apparaît sur mon visage.

Je me souviens de cette photo. C'était lors d'une soirée bien arrosée dans une fraternité voisine. Je m'étais saisi de mon téléphone pour faire un selfie avec Alice. Au moment de la photo, elle avait pris mon visage entre ses mains et avait déposé un bisou baveux sur ma joue. Lorsque l'on a vu ma réaction surprise à l'écran, on n'a pas pu s'empêcher d'éclater de rire.

Je rigole en repensant à ce moment, elle me manque terriblement.

Mon téléphone continue de sonner. Je m'empresse de lui répondre :

- "Salut Alice."
- "Coucou ma belle, dis donc ta vie doit être bien mouvementée pour que tu ne daignes pas répondre lorsque je t'appelle. Je t'ai laissé plusieurs messages qui sont restés sans réponses."
- "Oui, je suis désolée. J'ai eu pas mal de chamboulements dans mon existence ces derniers jours."
- "C'est ce que j'ai cru comprendre lorsque j'ai vu que tu ne me répondais toujours pas. Ce n'est pas dans tes habitudes de réagir comme ça. Dis-moi tout ma chérie. Que t'arrive-t-il ?"
- "Oh rien de bien transcendant, ne t'inquiète pas pour moi."
- "Tu sais très bien que je m'inquiéterais toujours pour toi. T'es comme ma sœur. Déjà que tu es loin de moi si en plus tu me laisses en dehors de ta vie comme ça, ça va être compliqué pour moi. On se racontait toujours tout, ma chérie. Je serais toujours là pour toi. Au fait, tu as des nouvelles d'Andrew ?"
- "Non on s'est pris la tête et je ne suis pas sûre qu'il reviendra de sitôt vers moi."
- "Arrête de raconter n'importe quoi et de te voiler la face. Andrew ne peut jamais rester trop longtemps

éloigné de toi. Il reviendra, plus vite que tu ne le penses."

- "On verra bien Alice, pour le moment je n'ai pas envie d'en parler. Je dois te laisser. Je t'appelle plus tard. Bisous."

Je ne lui laisse pas le temps de répondre que j'ai déjà raccroché.

* * * *

Je sors de la piscine en passant par l'escalier. Mes pas foulent les abords de l'eau, la pierre me brûlant les pieds, je m'empresse de rejoindre la terrasse en bois où sont disposés les transats. Tout en m'enroulant dans une serviette et en posant mes lunettes de soleil sur mon nez, je m'allonge sur la chaise longue la plus proche. Le meilleur angle de vue s'offre à moi pour profiter de ces quelques rayons de soleil qui viennent réchauffer ma peau. D'où je suis, je peux pleinement admirer le panorama.

Le temps est radieux ces derniers jours, ce qui me permet de bénéficier un maximum de baignades quotidiennes.

Je réfléchis à tous les évènements survenus dans ma vie ces derniers temps. Je viens de réaliser que depuis que je peux de nouveau marcher, je n'ai pas pris le temps de visiter la maison dans ses moindres recoins. Je connais seulement ce que Matteo a bien voulu me montrer.

Je me lève pour retourner dans la maison. Au moment où mes pieds frôlent le carrelage froid du couloir, je découvre une porte sur ma droite qui attire mon attention, je ne l'avais jamais remarquée jusqu'à maintenant. Je prends la décision de pénétrer dans la pièce. Une grande salle de vie s'ouvre à moi, un piano à queue trône fièrement en son centre. J'ai les yeux fixés sur ce magnifique instrument, je m'approche et pose les doigts sur les touches, il produit un son merveilleux. Je m'y installe, faisant retentir **"Spring Waltz" de Chopin** dans la pièce.

Quand je joue, je me laisse emporter par le rythme ainsi que par mes émotions. Lorsque je relève enfin la tête puis ouvre les yeux, je distingue sur les murs puis les étagères des tonnes de trophées et de médailles.

Je viens de réaliser que j'ai mis un pied dans son antre. Les murs sont tapissés de photos de lui à cheval dans toutes les disciplines possibles et inimaginables. Des shooting photo qu'il a pu faire lors de ses nombreux contrats. Toutes aussi sexy les unes que les autres.

Sur les seules parties de mur libre qu'il y a, des miroirs les recouvrent. Pas un espace ne respire. Je n'ai jamais vu un homme aussi narcissique. Ce mec s'aime, c'est indéniable !

Je me lève de mon siège pour m'approcher davantage. J'examine les différents trophées, éblouie par tant de beauté.

Une photo, dans le coin de l'étagère, attire mon regard. L'environnement ne m'est pas inconnu. Je vois Matteo en plein élan sur un saut d'obstacle.

Et mais attend ..... Cette silhouette, là, au fond, m'est familière ...... J'approche la photo pour voir de plus près.... Mais c'est moi.

Je m'empresse de me saisir du trophée qui l'accompagne, l'inscription apparaît sous mes yeux ébahis : "1er prix du CSI de San Remo".

– "Putain l'enfoiré ! Il a gagné le premier prix et il s'est bien gardé de me le dire."

Une voix retentit à mes oreilles :

– "Je suis désolé, je voulais te l'annoncer mais avec ton accident je n'ai pas su comment aborder le sujet."

Je sursaute de surprise ne l'ayant pas entendu entrer. La colère commence à déformer les traits de mon visage. J'essaye, bien malgré moi, de me contenir.

– "Tu es là depuis longtemps ?"
– "Depuis que j'ai entendu Chopin envahir l'espace. Soit dit en passant, tu l'interprètes merveilleusement bien. Je ne savais pas que tu jouais du piano !"

Il s'approche de moi, passant ses bras autour de ma taille. Je me défais rapidement de son étreinte.

– "Ne change pas de sujet. Tu m'expliques ?"

Il fait un pas en arrière surpris par ma réaction et se reprend de suite voulant cacher ses émotions. Il m'observe avec dédain.

– "Il n'y a rien à expliquer princesse. Je suis doué. J'ai gagné comme toujours."

Les poings sur les hanches, je reprends :

– "Putain, mais qu'est-ce que tu peux être prétentieux. Je n'aurais pas eu cet accident, j'aurais gagné."
– "Bien sûr que non. Personne ne peut me battre, très chère."

Nos corps se rapprochent imperceptiblement l'un de l'autre, nos visages ne se retrouvant plus qu'à quelques centimètres. Nos souffles s'entremêlent et nos lèvres se frôlent presque.

– "Bien sûr que si, j'étais entraînée pour gagner ce concours."
– "Avec ou sans cette chute tu aurais quand même perdu. Au mieux tu serais arrivée deuxième. Et puis, ton accident a eu lieu c'est un fait. Sans mon aide, tu serais encore dans cet hôpital à te morfondre sur ton sort."
– "Tu sais Matteo, des gens indispensables, les cimetières en sont remplis. Ne te prend pas pour ce que tu n'es pas."

Sur ces mots, je lui dépose la photo contre son torse et tourne les talons sans un regard en arrière, fière de ma répartie. Le laissant derrière moi bouche bée sans qu'aucun son ne sorte de sa magnifique bouche qui appelle aux baisers.

Non, je ne me laisserai pas succomber à ses charmes une nouvelle fois.

Chapitre 19

"Parfois, le connu nous perd et l'inconnu nous sauve."
- Nadir EL GARRAB -

Minuit passé, je sors enfin de ma chambre. Aucun son ne circule dans la maison, pas de musique, pas de bruit de cuisine, pas de souffle, de respiration, comme s'il n'y avait plus personne à part moi.

Je cherche le moindre signe de vie dans tous les recoins de cette demeure, personne.

Mais où a bien pu passer cet abruti condescendant ?

Je regarde par la fenêtre, sa voiture a également disparu. Ce salopard m'a laissée seule dans cette immense baraque sans me dire où il partait, sans un mot pour me prévenir. Quel enfoiré !

Après une heure d'attente, il n'est toujours pas rentré. Je commence quand même à m'inquiéter. Je prends la décision de partir à sa recherche.

Je me prépare rapidement : pantacourt en jean, débardeur blanc et chaussures ouvertes plates feront l'affaire. J'attache mes cheveux en un chignon dans un style défait. Attrape mon sac à main au vol avant de me diriger vers l'extérieur.

Le problème c'est que je ne sais même pas où aller, je ne connais pas les environs. Arrivée au portail, je regarde à

droite, à gauche, personne en vue. Tant pis je me lance quand même, que peut-il m'arriver de pire ?
Je distingue difficilement un panneau situé juste devant moi mais j'arrive quand même à y lire l'inscription qui m'indique le centre-ville, je commence à marcher dans cette direction. Il fait nuit noire, seules les étoiles éclairent l'avenue. Et moi je suis là, dans la rue, seule.

Des phares se rapprochent de plus en plus de moi. Je frissonne à l'idée qu'on puisse me faire du mal. N'aie pas peur Ewa, il ne va rien t'arriver.

Ces derniers s'avancent davantage pour s'arrêter à ma hauteur.
Et merde ! C'est bien ma veine ça.

Une voix suave et sexy se fait entendre :

– "Je peux vous aider mademoiselle ?"

Je ne réponds pas, je ne le regarde même pas, peut-être qu'il partira. Je continue ma route, d'un pas déterminé de plus en plus précipité. J'accélère le mouvement, pensant qu'il comprendrait et abandonnerait sa démarche.

Malgré tout, sa voiture continue à avancer au pas, tout en restant à ma hauteur.

– "Ne vous inquiétez pas mademoiselle. Je ne vous veux aucun mal. Mais vous êtes seule dans une ruelle mal éclairée. Si je peux vous être d'une quelconque aide, n'hésitez pas. Je vous le propose en tout bien, tout honneur."

Avouez quand même que le contexte porte à confusion. Cette phrase "en tout bien, tout honneur", seuls les détraqués peuvent sortir un truc pareil.
Je décide quand même de m'arrêter et de le regarder de toute ma hauteur, si minime soit-elle, c'est sûr que de mon un mètre soixante-cinq, je ne fais pas peur mais on ne sait jamais, l'espoir fait vivre. Je distingue mal cet homme dans son véhicule sombre et mal éclairé mais il semble avoir une silhouette des plus élancées.

– "Voulez-vous que je vous dépose quelque part ?"

Je me penche à sa fenêtre.

– "Je cherche à rejoindre le centre-ville."
– "Je vous en prie montée, je vais vous y déposer."

Je suis folle, complètement folle mais c'est la seule solution à ma portée.

J'ouvre la portière puis m'assois côté passager. La lumière de l'habitacle s'allume et éclaire les traits de cet homme que je peux enfin distinguer.

Il possède une belle peau bronzée typique d'un latino. Un pantalon pince avec une chemise blanche, les manches retroussées jusqu'au coude faisant apparaître ses bras musclés, lui sied à merveilles. Je pense qu'un bel homme d'affaires se tient devant moi.

Quand je remonte mes yeux jusqu'à son visage, j'aperçois un sourire bienveillant. Je continue mon exploration et.....

.....Putain merde ! J'ai l'impression d'avoir Matteo en face de moi. Il se ressemble tellement que ça en est complètement troublant.

Je me reprends aussitôt avant d'attacher ma ceinture.

- "Dites-moi ce que vous faites dehors à cette heure-ci, toute seule ?"
- "Je suis à la recherche d'un ami. Connaissez-vous les endroits populaires de la ville ?"
- "Oui bien sûr. Je peux vous emmener au "Paradise", si vous voulez ? C'est le nightclub le plus fréquenté du coin."
- "Allons-y pour le "Paradise" alors."
- "Au fait, moi c'est Kaïs."
- "Ewa."
- "Enchanté Ewa."

Il m'a l'air bien galant ce jeune homme. J'espère que ce n'est pas le genre à être un tueur en série derrière ses airs de prince. Sinon je suis mal, très mal. Je me serais jetée dans la gueule du loup.

* * * *

Les lumières du centre-ville se rapprochent. Nous arrivons devant le "Paradise". C'est un club très réputé apparemment vu le monde que nous pouvons découvrir à l'entrée.
Kaïs se gare sur le parking et s'apprête à descendre.

- "Qu'est-ce que vous faites ?"
- "Je vous accompagne."
- "C'est hors de question."

- "Je ne vais pas vous laisser pénétrer dans ce lieu, sans vous accompagner. Le nombre d'hommes en rut est impressionnant dans ce genre d'endroit."
- "Je vous rappelle qu'on se connait à peine aussi. Qui me dit que vous n'êtes pas l'un d'entre eux ?"
- "Touché ! Mais ma décision est incontestable. Je vous accompagne. Point."

Sans que je puisse avoir mon mot à dire dans cette histoire. Je sors de la voiture et me dirige d'un pas décidé vers le nightclub, chancelante, néanmoins, rencontrant quelques difficultés à marcher sur les graviers avec ma cheville qui reste quelque peu douloureuse mais je ne perdrais pas la face devant cet homme.

Kaïs m'attrape le bras, m'arrêtant dans mon élan pour me diriger vers l'entrée des artistes. Apparemment, c'est un habitué des lieux, je ne sais pas si cela doit me rassurer.

La salle est plongée dans le noir, seules quelques lumières interviennent par intermittence, la musique **"Voglio ballare con te" de Baby K avec Andrés Dvicio** est assourdissante.

Je n'ai vraiment pas l'habitude de ce type d'endroit, je me bouche les oreilles avant de me lancer à la recherche de Matteo. Je traverse la piste de danse laissant Kaïs derrière moi.

Quelqu'un m'attrape par les hanches, je me retrouve face un homme plus grand que moi, cheveux blond mi-long type surfeur. Son haleine chargée d'alcool se rapproche de mon visage, je le repousse tant bien que mal. Mes mains sont posées sur son torse, mon visage tourné vers l'extérieur, essayant d'échapper aux effluves de whisky.

– "Salut beauté, tu danses ?"
– "Lâchez-moi."
– "Oh bah non ! J'ai enfin trouvé une fille à mon goût. Je ne vais pas te lâcher de sitôt, beauté."

Ses mains me relâchent d'un coup, tandis que je suis projetée en arrière. J'aperçois un homme qui se tient, dos à moi, juste devant mes yeux, poings serrés.

– "Ne la touche pas ou tu auras affaire à moi."

On se connaît à peine, pourtant il n'hésite pas à prendre ma défense. Le gros lourd de surfeur lève les mains en signe de reddition.

– "Désolé patron, je ne savais pas qu'elle était accompagnée."

Sans montrer plus de résistance, il tourne les talons partant à la conquête de nouvelle chair fraîche. Je me retrouve face à Kaïs, un air étonné sur le visage, je l'interroge :

– "Patron ?"
– "Je vous expliquerai plus tard. Pour le moment, on n'a pas le temps. Partons à la recherche de votre ami."

Après avoir fait le tour de plusieurs boîtes, bars et j'en passe, nous sommes rentrés bredouilles.

* * * *

Kaïs me dépose devant la demeure de Matteo, je m'apprête à descendre du véhicule. Il m'empoigne le bras m'empêchant de sortir de l'habitacle.

– "Pourrions-nous nous revoir ?" S'empresse-t-il d'ajouter.

Cet homme a tellement été charmant et attentionné à mon égard durant toute la soirée que je baisse les armes.
Je trouve un stylo dans la petite poche avant de mon sac. Je saisis son bras droit pour y inscrire mon numéro. Sa peau chaude contraste parfaitement avec mes mains gelées. Je sens ses muscles se raidir mais il se laisse faire.
Je le remercie, tout en sortant du véhicule. Je tourne les talons et monte les escaliers un sourire aux lèvres, sa voiture redémarre dans mon dos. Tandis qu'elle s'éloigne, je n'entends plus que les vrombissements lointains du moteur, je me saisis de la poignée pour ouvrir la porte d'entrée.

Chapitre 20

"Tes jugements ne définissent pas le genre de personne que je suis. Ils définissent le genre de personne que tu es."
- Auteur inconnu -

Je pénètre dans le hall, mon sourire se dessinant toujours sur mes lèvres, avant de s'estomper face au regard vert perçant de Matteo qui vire presque au noir, tellement sa colère se fait ressentir. D'un ton glacial, il s'exclame :

– "Où t'étais ?"

Je le découvre cheveux ébouriffés, la chemise à moitié ouverte laissant découvrir la crinière de son magnifique tatouage.
Il m'abois dessus son haleine chargée de l'odeur de l'alcool. Pendant que moi je m'inquiétais pour lui, ce bellâtre a bien profiter de sa soirée apparemment.

– "Partie à ta recherche. Où veux-tu que j'aille ? Je n'ai plus eu de tes nouvelles depuis ce matin."
– "C'était qui ce mec qui t'as raccompagnée ?"
– "Parce que tu m'espionnes, en plus ?"

Tandis que nous nous hurlions dessus, le bruit d'un objet qui tombe à l'étage se fait entendre.

Je lève la tête regardant au-delà des escaliers, sourcils froncés, m'interrogeant :

– "C'était quoi ce bruit ?"

Voyant Matteo blêmir, je comprends de suite que quelque chose cloche.

Je me précipite vers les marches, les montant deux par deux. J'entends Matteo me hurler dessus dans mon dos, essayant de m'arrêter. Je l'ignore ostensiblement et me dirige vers l'origine du bruit avant de découvrir qu'il provient de.... sa chambre.

J'ouvre la porte avec rage, je reste stupéfaite devant une femme blonde, sentant le faux à des kilomètres à la ronde. Seins siliconés, bouche trop pulpeuse pour être vraie, faux ongles et j'en passe...
Elle est allongée sur le lit, jambes écartées en me regardant ébahie, les yeux écarquillés.

Je me tourne rapidement vers Matteo l'interrogeant du regard :

– "C'est quoi ça ?"

Je continue de lui hurler dessus montrant la pimbêche du doigt. Tandis qu'il me répond effrontément :

– "Ça, ce n'est rien."

La bêcheuse forme un O parfait avec sa bouche, outrée par ses propos. Si elle pensait que ça pouvait être sérieux avec Matteo, elle a la preuve formelle du contraire. Je reprends de plus belle, ignorant totalement l'intruse dans sa chambre, toujours allongée sur son lit :

– "Mais c'est que tu te fous royalement de ma gueule, en plus."

– "Tu sais que je ne te dois rien Ewa. Je ne t'ai rien promis pour preuve du contraire. A part des moments de plaisir, et à ce que je sache tu en redemandes autant que moi."
– "Tu es vraiment le roi des connards Matteo. Je n'ai jamais connu un mec qui peut manquer autant de respect aux femmes."
– "Je fais encore ce que je veux de mon corps. Je suis mannequin et je plais, c'est normal que j'en profite. J'aurais tort de m'en priver. Je suis un homme à femmes. Mais si tu le souhaites, une fois que j'ai finis avec cette beauté, je me charge de ton cas."
– "Va te faire foutre, Matteo. Je te pensais beaucoup plus mâture que ça."

Apparemment il a carrément trop bu, pour me sortir des saloperies pareilles. J'entends sa pétasse glousser derrière moi tandis que je repars vers ma chambre claquant la porte.

Matteo s'affère dans le couloir, criant sur sa blondasse, lui demandant de partir. Cette dernière refusant sa requête, il s'empresse de la prendre par le bras pour la foutre dehors sans retenue, habillée seulement de ses sous-vêtements.

Je regarde par la fenêtre, et aperçois la fille d'un soir en tenue plus que légère sur les escaliers, ses affaires passant par la porte à toute vitesse. Elle les ramasse, essayant de faire changer d'avis notre Apollon mais il n'a pas l'air convaincu par ses arguments.

Je la vois repartir à pied, ses affaires sous le bras. Son air de chien battu me ferait presque de la peine.

Je ne vais pas la plaindre mais Matteo reste un vrai connard pour se permettre ce genre de choses.
Trois coups frappent à ma porte.

Non mais je rêve après notre embrouille et avoir jeté dehors sa pute, il se permet de revenir me chercher. C'est une grosse blague ce mec, sans amour propre.

– "Ewa, ouvre-moi."

Je ne réponds pas. Je l'entends s'appuyer contre la porte, le froissement de tissu qui parvient jusqu'à mes oreilles, m'indique qu'il se laisse glisser le long de celle-ci.

Je le laisse là, face à ses propos. Face à ses erreurs. Face à ses conneries. Face à ses pensées. Qu'il réfléchisse un peu à tout ce qui vient de se passer.

Mon portable clignote, j'ai reçu un message, un numéro inconnu apparaît à l'écran :

- "J'ai passé une agréable soirée bella, j'espère que nous nous reverrons." -

J'en déduis que c'est Kaïs qui m'écrit. Je lui répondrais plus tard, pour l'instant ce n'est pas trop le moment même si j'apprécie l'attention de cet homme. Ce texto arrive à point nommé.

Il me remonte sensiblement le moral.

Je fouille dans la commode à la recherche de ma nuisette pour me changer afin de passer, je l'espère, une agréable nuit. Me faufilant sous les couvertures, je ferme les yeux, mes pensées dirigées vers les derniers épisodes de ma vie. Une larme coule le long de ma joue, bien malgré moi.

Demain est un autre jour.

Chapitre 21

"Parfois, certaines personnes vous détestent simplement parce que les autres vous aiment."
- Franck NICOLAS -

Les rayons du soleil viennent me chatouiller le bout du nez, mes paupières s'ouvrent, l'une après l'autre. Je me lève difficilement, comme tous les matins depuis mon accident, car ma cheville reste douloureuse et fragile après tant d'heures sans activité. J'ouvre la porte et découvre Matteo, endormi, assis par terre, entourant ses jambes de ses bras, la tête posée entre ses genoux.

Putain, même dans cette position il est sexy le bougre. Souhaitant atteindre mon but sans encombre, j'essaye d'ignorer ostensiblement sa présence afin de poursuivre mon chemin. Me faufilant à ses côtés en évitant de le toucher, je m'éloigne de lui sans le réveiller, ça m'arrangerait. Je n'ai pas le temps de me prendre la tête avec ses jérémiades de si bon matin. Direction la salle de bain, fermant la porte derrière moi.

Le miroir me fait face, la constatation est sans appel, j'ai une bouille affreuse. Les yeux rougis et injectés de sang par la colère de la veille, qui n'est pas redescendue, ainsi que le manque de sommeil ne m'aident pas à avoir meilleure mine.

Tout en me déshabillant, j'allume la radio. Tandis qu'**Ed Sheeran** entonne **"Shape of you"**, je rentre dans la douche, l'eau qui dégouline sur mon visage m'apaise et renforce ce besoin de détente. Quelqu'un tambourine à la porte. Une voix étouffée, cassée par la dure nuit de sommeil qu'il a due avoir, se fait entendre.

– "Ewa !"

Je fais la sourde oreille afin de pouvoir continuer à apprécier ma douche sans élément perturbateur.

– "Ewa ! Putain, ouvre-moi. Tu ne vas pas pouvoir m'ignorer éternellement. Il faut qu'on parle."

Décidément, il me semble que c'est mort. Il ne me lâchera pas tant que quelques instants ne lui auront pas été accordés.

Je sors de la douche puis m'enroule dans une serviette, mes cheveux trempés dégoulinant le long de mes épaules.

Matteo continue inlassablement de tambouriner sur ce misérable morceau de bois qui nous sépare.

Je déverrouille la porte et l'ouvre, le découvrant complètement désabusé, les yeux cernés, la mine déconfite. Un bras appuyé contre le chambranle de la porte, l'autre bras en suspension dans l'air, s'apprêtant à frapper une énième fois.

Il se précipite pour pénétrer dans la pièce avant que je change d'avis refermant la porte derrière lui.

– "Eh Matteo ! Tu n'as rien à faire là. Retourne dans ta chambre et laisse-moi finir de prendre ma douche. Ce n'est pas possible d'avoir un minimum d'intimité ici."

Il ne me laisse pas le temps de finir ma phrase qu'il écrase ses lèvres contre les miennes me plaquant au mur.

Surprise par son acte après les évènements de la veille, une gifle ne tarde pas à s'abattre sur sa joue. Mon bras s'arrête en plein élan, plaqué sur le mur au-dessus de ma tête, bloqué par ses mains puissantes.

Il ouvre la bouche pour prendre sa respiration et s'apprête à me parler lorsque tout à coup la sonnerie de la porte d'entrée retentit dans toute la maison.

– "Tu attends quelqu'un Ewa ?"
– "Comment voudrais-tu que j'attendes quelqu'un. Je ne connais personne ici. Et puis je te rappelle que je ne suis pas chez moi."

La sonnerie retentit de plus belle. Edward doit être au jardin, puisque personne ne répond. Voyant que Matteo ne bronche pas, je m'élance direction le hall pour aller ouvrir. Ce dernier sur les talons.

– "Qu'est-ce que tu fous ? Tu ne vas pas aller ouvrir dans cette tenue ?"
– "Je vais me gêner."

Arrivée au rez-de-chaussée, je m'empresse d'aller ouvrir la porte, me retrouvant face à un Kaïs étonné.

– "Bonjour Bella, c'est très surprenant. Mais tu as pour habitude de venir ouvrir aux gens habillée comme ça ?"

Je croise les bras sur ma poitrine, rougissante de honte.

Matteo apparaît derrière moi, m'hurlant dans les oreilles :

– "TOI ! Mais qu'est-ce que tu fous là ?"

Mon regard passe de l'un à l'autre, interloquée.

– "Vous vous connaissez ?"

Ignorant complètement ma question, Kaïs poursuis :

– "Je venais voir comment Ewa allait aujourd'hui ? Je ne pensais pas tomber sur toi, je ne savais pas que tu habitais également ici."
– "Je n'habite pas également ici, c'est chez moi ici. Ewa est mon invitée et puis merde, je n'ai pas à me justifier. Qu'est-ce que ça peut te foutre ? Je vais te demander un seul truc. Tu vas bien pouvoir le faire étant donné que c'est le seul service que je te demande depuis des années."

L'impression d'être invisible me hante. Agacée par leur échange sans me prêter la moindre attention, je crie :

– "Quelqu'un va me répondre oui ou merde ?"

Les deux hommes me regardent choqués comme s'il venaient de voir un lion rugir. Matteo enchaîne :

– "Nous sommes frères."
– "Frères jumeaux exactement." Rajoute Kaïs.

Je comprends mieux cette ressemblance surprenante que j'ai pu apercevoir la veille lors de ma rencontre avec Kaïs.

Matteo poursuit en gueulant sur son frère :

– "Tu m'as déjà pourri la vie il y a quelques années. Tu ne vas pas revenir pour de nouveau marcher sur mes plates-bandes."

Je commence à en avoir marre que les hommes de mon entourage aient tendance à voir d'écrit sur mon front "propriété privée". Je ne me souviens pas avoir été la possession de qui que ce soit.

En attendant, ils ne me laissent même pas le temps de répliquer, que Matteo se jette sur son frère et lui décroche une violente droite.

Kaïs n'ayant pas l'air de se laisser faire s'empresse de rétorquer.

– "Matteo..."

J'ai beau m'égosiller, rien n'y fait. Les hommes m'ont complètement annihilée.

Essayant de m'interposer, les bras en l'air pour arrêter le geste de Matteo, ma serviette tombe à mes pieds.

Les deux frères restent face à moi incrédules, profitant pleinement du spectacle, tandis que moi, je me précipite pour reprendre ma serviette.

Leurs murmures, dans mon dos, me parviennent :

– "Sacré bonne femme !" Ajoute Kaïs.
– "N'y pense même pas." Se sent obligé de préciser Matteo.

Pour le moment, je me rue vers l'intérieur, direction ma chambre pour m'enfermer à double tour, rouge de honte, histoire de me faire oublier quelques instants.

Au moins, ça a eu le mérite de les arrêter net dans leur bagarre.

Chapitre 22

"Ceux qui attendent les grandes occasions pour prouver leur tendresse ne savent pas aimer."
- Laure CONAN -

On frappe doucement à ma porte. Voyant qu'aucune réponse ne parvient à mon visiteur, j'entends qu'elle s'entrouvre légèrement :

– "Je peux entrer princesse ?"
– "Mmmmmhhhhh."

Allongée sur le ventre, la tête enfouie sur l'oreiller, je sens le matelas s'affaisser à mes côtés.

– "J'ai foutu mon frère dehors. Il est hors de question que tu le revoies."

Je relève la tête, mon regard noir de colère planté dans le sien.

– "Tu plaisantes, Matteo. Tu n'as pas à me dire ce que je dois faire. Et puis je te rappelle que tu m'as très bien fait comprendre hier que toi et moi on ne se devait rien. On ne s'est rien promis comme tu l'as si bien dit."

Il lève les mains en signe de capitulation.

– "Ok ok ! Un point pour toi. Ne t'énerve pas princesse. Mais je connais Kaïs mieux que personne. Si je te dis de ne pas t'en approcher, j'ai mes raisons. Ce mec est un emmerdeur de première. Et dangereux avec ça."

– "Ce n'est pas pour rien que vous êtes jumeaux alors. Il ne m'a pas vraiment donnée l'impression d'être quelqu'un de dangereux. Par contre, toi, on ne peut pas en dire autant. Tu es macho, prétentieux, aucun respect pour les femmes, ..."

Il ne me laisse pas le temps de terminer ma tirade, me coupant la parole aussi sec :

– "Ok, ok ! C'est bon, je crois que j'ai compris. N'en dis pas plus, la coupe est pleine."

Un long silence s'installe entre nous, nous laissant face à nos pensées, le regard plongé dans le vide. Son torse se gonfle au rythme de sa respiration, essayant de se calmer. Il reprend de plus belle posant chaque mot mûrement réfléchi.

– "Tu sais princesse. Pour ce qui s'est passé à l'instant."

Je rougis de nouveau, honteuse, plongeant ce qui me reste de dignité au fin fond de mon oreiller.

– "Ne m'en parle pas, s'il te plait. J'ai trop honte !'
– "Non mais je rêve. Tu es magnifique, tu possèdes une plastique de rêve mais tu ne t'en rends même pas compte. Toutes les femmes aimeraient te ressembler et tous les hommes te désireraient, tu peux me croire. Alors n'en n'ai pas honte, s'il te plait."

Ne répondant pas, la tête toujours plongée dans mon oreiller, il poursuit. Ses doigts se faufilent sous mon T-shirt pour venir courir sur mon dos. Sa main chaude vient caresser ma peau le long de ma colonne vertébrale.

- "Ecoute princesse, maintenant que tu tiens debout sans mon aide depuis un petit moment. Et étant donné que je pense que tu as besoin de prendre l'air ainsi que de te changer les idées, que penses-tu d'une sortie tous les deux ? Rien que toi et moi ?"
- "Qu'on sorte ? Tu n'as pas une pute à aller voir plutôt ?"

Il fait la moue, ma réplique lui a déplu. Mais il ne souhaite pas relever, ignorant ostensiblement ma pique. Il s'empresse de me répondre :

- "Oui, dehors, à l'extérieur. Restaurant, boutique si tu le souhaites, balade au bord de l'eau. Ce que tu veux princesse. Je t'emmène où tu veux. Je suis ton chevalier servant." Dit-il en me faisant la révérence.
- "Très drôle Matteo. Tu as déjà fait beaucoup pour moi jusqu'à maintenant. Mais ton idée ne me déplaît pas. Je crois que je vais me laisser tenter. En revanche, je te laisse me guider, je ne connais pas les environs."
- "Ok ! Mets ta plus jolie tenue, fais-toi belle pour dix-neuf heures. Même si tu l'es en toutes circonstances".
- "Arrête de faire ton beau parleur et dis-moi où tu m'emmènes."
- "C'est la surprise princesse."

* * * *

<u>**18h55**</u>

J'ai enfilé une robe de cocktail longue, de couleur rouge, créée par mes soins. Elle possède un décolleté plongeant qui redessine à la perfection la forme de mes seins. Dans le dos, nous pouvons découvrir une échancrure descendant jusqu'à mes reins.

Une fermeture éclair ferme le tout mais il m'est impossible de la remonter correctement. Le miroir me renvoie mon image, me permettant de m'admirer une dernière fois.

La porte s'ouvre, je peux apercevoir, dans le reflet de la glace, mon hôte entrer. Il s'est habillé pour l'occasion. Il porte un beau costume noir accompagné d'une chemise blanche :

- "Je viens voir si tu es prête princesse."
- "Oui, mais tu pourrais m'aider s'il te plait ? Je rencontre quelques difficultés à fermer ma robe."
- "Euh..... Oui." Déglutit-il, rougissant et suffocant. Je le vois passer son doigt dans son col pour lui permettre de reprendre un peu d'air.

C'est la première fois que je peux l'apercevoir dans un tel état devant une femme.

Il s'approche de moi, en face du psyché[2], collé dans mon dos, et remonte doucement la fermeture éclair picorant mon cou de baisers tout en profitant de cet agréable moment. Je sens son érection se former au creux de mes reins.

- "Tu es splendide."
- "Oui, j'ai cru comprendre." Lui répondis-je, un sourire aguicheur se dessinant sur mes lèvres.

---

[2] Psyché : Miroir sur pied

– "Tu sais au moins l'effet que tu me fais. Malheureusement, nous n'avons pas le temps, nous sommes attendus. J'ai réservé. Je n'oserais pas te prendre cinq minutes dans un coin, car tu es une femme qui demande une certaine attention ! Mais la soirée n'est pas finie."

Il me fait un clin d'œil, sa main venant délicatement m'adresser une petite tape sur les fesses ce qui me fait glousser telle une adolescente.

Il s'empresse d'ajouter sortant une boîte de sa poche :

– "Ah ! Au fait, j'ai failli oublier. J'ai une surprise pour toi. Ferme les yeux, beauté."

Fermant les paupières, je me retrouve dans le noir complet. Ma peau frémit au contact de ses doigts chauds qui glissent sur mon cou. Le toucher d'un métal froid descendant sur ma poitrine me fait frissonner.

– "Tu peux ouvrir les yeux."

Je découvre un magnifique pendentif brillant de mille feux serti de rubis.

– "Oh la vache ! C'est splendide Matteo. Tu n'aurais pas dû."
– "Rien n'est trop beau pour toi, princesse. Bon allez en route, on va être en retard. Edward nous attend. Il sera notre chauffeur pour la soirée."

Nous sortons sur la terrasse, une superbe limousine est garée au pied des escaliers. Edward est debout près de la porte arrière ouverte, attendant patiemment que nous montions.
Il a vraiment sorti le grand jeu pour ce soir.

* * * *

Notre chauffeur nous dépose devant un grand restaurant typique bourgeois. L'impression d'être une intruse reste ancrée dans mon esprit, tout ça ne correspond pas à mon univers.
Matteo descend le premier, en grand gentleman, il fait le tour de la voiture pour venir m'ouvrir la porte me permettant de descendre à mon tour. Toute ma concentration est ciblée sur ma robe, faisant bien attention de ne pas me prendre les pieds dedans.

Lorsque je relève la tête, la devanture du restaurant m'émerveille. Je m'avance vers l'entrée, Matteo à mes côtés une main plaquée dans mon dos, à même ma peau. Ce toucher m'électrise toujours autant.

Le majordome s'adresse à nous, nous faisant signe de le suivre :

– "Bonsoir Monsieur Federicci, votre table vous attend."

Une douce mélodie traverse le restaurant de part en part, je peux reconnaître **"Jeux interdits"** interprété au piano.

J'ai vu juste ! Lorsque nous traversons la salle, un pianiste au centre joue ce superbe morceau. Il nous observe avancer, son regard accroche le mien. Un sourire se dessine sur son visage tandis qu'il m'adresse un clin d'œil. Je lui souris en retour timidement et me détourne afin de rejoindre Matteo à la hâte qui m'a devancée.

Le serveur nous installe à l'étage, une table est déjà dressée à notre attention près des baies vitrées. Elle surplombe la plage, nous donnant une vue panoramique sur la mer.

Matteo déplace ma chaise me faisant signe de m'asseoir. Une fois mes fesses moulées dans ma robe sur mesure posées sur l'assise, il la rapproche de la table. Quel gentleman ce soir ! Je me demande ce qu'il a derrière la tête. Il interpelle le serveur me sortant de ma rêverie :

– "Apportez-nous deux coupes de champagne, s'il vous plait."
– "Bien Monsieur."

Nous profitons de notre soirée à deux. Nous discutons de tout et de rien sans évoquer les moindres détails de notre passé. Cet homme reste un mystère pour moi, tout autant que son frère d'ailleurs.

* * * *

Nous sortons par l'arrière du restaurant qui aboutit sur la plage.
Je retire mes chaussures qui me font un mal de chien et m'empresse de poser mes pieds dans le sable chaud. C'est agréable !

Nous longeons la mer à la lueur de la lune, les pieds dans l'eau. Nous nous découvrons toujours davantage malgré tout ce temps passé ensemble....

Il me prend par la taille pour me faire pivoter face à lui.

– "Tu sais que tu es très sexy ce soir."

Il pose délicatement son front contre le mien tout en me fixant de ses magnifiques yeux verts. Je sens son souffle chaud contre mon visage. Il approche ses lèvres des miennes, faisant glisser les bretelles de ma robe le long de mes bras. Ses mains partent à la découverte de mes reins.

Je sens la fermeture éclair descendre tandis que la robe abandonne mon corps vibrant en proie à un élan de désir. Le vent frais du bord de mer me fait frissonner.

Pendant que je m'attelle à déboutonner sa chemise, il se charge de retirer sa ceinture.
Sa liquette tombe sur le sable, à nos pieds. Je caresse son torse, passant les doigts sur l'encre de son tatouage. Ma langue s'aventure sur son corps à la recherche de ses abdos parfaits pour les redessiner et se délecter de son goût sucré.

Il m'embrasse le long de mon cou, descendant jusqu'à ma poitrine, sa bouche venant dessiner le contour sensible de mes tétons.

Sa main droite caresse mes seins, mon ventre, tandis que ses lèvres explorent mes épaules, mon cou ainsi que ma bouche.

Sa main gauche me rapproche davantage de lui pour me coller à son torse si parfait. Il commence à être à l'étroit dans son pantalon. Son sexe ne demande qu'à sortir. Je m'empresse de le libérer, défaisant la barrière qui nous sépare.

Tandis qu'il fait glisser un doigt dans ma culotte en dentelle noire, je gémis lorsque je glisse ma main dans son boxer pour y découvrir son membre fièrement dressé, déjà prêt et palpitant de plaisir à l'idée de passer à l'attaque.

Je suis déjà humide à la simple pensée de le recevoir.

Il fait descendre ma culotte le long de mes jambes. Ses mains passent sous mes fesses, tandis qu'il me soulève plongeant nos corps brûlants de désirs dans l'eau. C'est la première fois que je fais un bain de minuit aussi torride.

Les vaguelettes se fracassent sur nos deux corps nus. Il continue de m'embrasser à pleine bouche, tout en ne perdant pas de temps. Il me pénètre sauvagement ce qui me fait hurler son prénom tant le plaisir est dense.

Cet homme me fait ressentir tellement d'émotions à la fois. Je n'ai jamais été prise comme ça. Cette créature qui se tient devant moi et me pénètre avec fougue est un Dieu du sexe. Il sait le manier sans problème.

Arrivés à l'extase, nous jouissons à l'unisson. Il me prend la tête entre ses mains viriles et douces tout en plongeant son regard intense dans le mien.

- "Tu es magnifique quand tu jouis."

Sa main glisse dans la mienne me guidant sur la plage pour nous faire rapidement sortir de l'eau.

Nous courrons ramasser nos affaires comme deux adolescents découvrant les plaisirs du sexe. Nous nous rhabillons en vitesse, pressés de pouvoir poursuivre notre soirée torride chez lui.

Chapitre 23

"Les soirées peuvent être extraordinaires, les nuits inoubliables, et pourtant elles aboutissent toujours à des matins comme les autres."
- David FOENKINOS -

Attablée sur le bar de la cuisine, je bois mon jus d'orange pressé frais du matin en écoutant d'une oreille distraite la voix rauque et sexy de mon hôte. Il prépare ses tartines, dos à moi. Il ne porte qu'un treillis. Son torse est à l'air libre comme tous les matins. Cette vue m'enchante !

D'où je suis, je peux admirer son magnifique cul dans son pantalon et les muscles de ses épaules bouger sous l'effort. J'imagine ses bras puissants me toucher, me caresser, me câliner...

Stop ! Ressaisis-toi, Ewa, je crois que Matteo s'adresse à toi.

– "Tu m'écoutes, Ewa ?"
– "Euh, oui... Pardon, tu disais ?"
– "Je te disais que je suis invité à une soirée mondaine ce soir pour le travail. Je ne peux pas me permettre d'aller à ce genre d'évènement seul. Tu m'accompagnes."

Je recrache mon jus d'orange, aspergeant le torse de Matteo au passage, et reprend ma respiration, haletante.

– "Je te demande pardon ?"
– "Tu as très bien entendu Ewa. Je tiens quand même à te signaler, au cas où tu ne l'aurais pas remarqué que

j'avais déjà pris ma douche ce matin." Dit-il, en s'essuyant les pectoraux avec un torchon.

Je m'empresse d'aller l'aider à sécher son torse. Je le sens frémir à mon contact. Nos regards se croisent. Je me reprends de plus belle :

– "Désolée, mais quelle idée aussi de me surprendre dès le matin avec ce genre de question."
– "Ce n'était pas une question mais une affirmation. Tu m'accompagnes, point."

Etant donné que je n'ai pas trop mon mot à dire dans cette histoire, je jette rageusement le torchon sur le plan de travail de la cuisine et pars me préparer, boudeuse. Je commence à en avoir sérieusement marre que Monsieur décide de tout sous prétexte que tout lui est dû. Il n'a pas pour habitude qu'on lui refuse quoi que ce soit. Qu'il ne prenne pas la manie de me donner des ordres, ni de me dicter ma conduite car ça ne va pas pouvoir durer éternellement. Je décide d'aller faire du shopping pour la soirée afin de me calmer et de me changer un peu les idées.

* * * *

Voulant ne pas être dépendante ni de Matteo, qui est déjà parti pour un autre shooting, ni d'Edward pour la journée, je me rends au centre-ville en bus. Je sors de la villa, mes écouteurs sur les oreilles, m'isolant du reste du monde grâce à la musique qui enchaîne sur **"Je te donne" de Jean-Jacques Goldman reprise par Leslie & Ivyrise**. Depuis que je suis partie vivre en Amérique, j'aime écouter des musiques où la langue française est de nouveau mise à l'honneur. Ça fait du bien d'entendre de temps en temps sa langue natale.

Je me dirige direction l'arrêt de bus le plus proche.

Arrivée au centre-ville, une grande avenue s'offre à moi. Les magasins s'étendent à perte de vue et se succèdent.

Je pénètre dans une boutique, où la vitrine m'a attirée au premier regard. Les mannequins sont habillés des plus belles tenues de soirée.

Mais après avoir regardé plusieurs robes, je me rends compte qu'elles sont vraiment hors budget pour moi.

Comment m'habiller pour une soirée mondaine quand je n'ai pas de quoi m'offrir ses vêtements. Si seulement, j'avais mon matériel de couture, j'aurais pu me créer une magnifique tenue.

Enfin bref, arrête de rêver Ewa et trouves toi des vêtements habillés mais pas trop cher.

Mon téléphone ne cesse de vibrer dans ma poche, je m'en saisis avant de découvrir la photo d'Alice sur l'écran.

Je retire mes écouteurs laissant s'estomper la voix de **Garou et de Charlotte Cardin sur les paroles de "Du vent, des mots"** puis je décroche avant de répondre d'une voix enjouée :

- "Coucou ma chérie, comment vas-tu ?"
- "Moi bien, mais c'est plutôt à toi que je dois poser la question ?"
- "Pourquoi ? Qu'est ce qui te fais dire que ça ne va pas ?"
- "J'ai vu Andrew rentrer au campus sans toi. Il m'a expliqué ce qui s'est passé pendant le concours. Mais

ce que j'aimerais bien savoir c'est ce qui s'est passé après ton accident parce que ça, c'est resté sous silence. Et puis, je te connais par cœur, ta voix en dit long sur ton état d'esprit. Alors vas-tu enfin me donner satisfaction en répondant à mes questions ?"

– "Je te raconterai tout dès mon retour, ma chérie. Pour le moment, je ne peux pas. Je dois faire le point sur ce qui m'arrive."
– "Houlà, ça n'a vraiment pas l'air d'aller. Tu sais si tu as besoin de parler n'hésite pas. Tu sais que je serai toujours là pour toi. Une chose est sûre c'est qu'Andrew est malheureux et renfermé sur lui-même depuis qu'il est revenu. Je ne sais pas ce qui s'est passé entre vous deux là-bas, mais j'espère que tout ça va s'arranger."

Tout en gardant le téléphone à l'oreille, je m'apprête à sortir, lorsque quelqu'un m'attrape par le bras. Je me retourne précipitamment pour me retrouver face à ce regard perçant que j'ai rencontré, il y a de ça quelques jours. Je me ressaisis puis répond d'un ton distrait à Alice toujours à l'autre bout du fil :

– "Je dois y aller ma chérie. Je te rappelle plus tard."

Sans lui laisser le temps de répondre, je raccroche puis m'adresse à lui, surprise :

– "Bonjour Kaïs. Tu m'as fait une de ces peurs."

Je le regarde, les joues cramoisies, rien qu'à repenser à la scène de la veille, je suis toujours embarrassée. Il a l'air de ne pas relever. Je vais éviter de remettre le sujet sur le tapis.

– "Bonjour, Ewa. Désolé, ce n'était pas voulu. T'es toute seule ?"

Il regarde autour de moi à la recherche d'un visage familier. Je l'interromps dans sa prospection.

– "Oui. Je fais du shopping pour une soirée. Tu travailles ici ?"
– "Oh, non, non.... Je t'ai vu entrer dans la boutique alors je suis venu te faire un petit coucou. Tu as trouvé ton bonheur ?"
– "Pardon ?"

Je réponds interloquée par sa question pensant qu'il s'adressait à moi en parlant du possible homme de ma vie. Il me sort de mes pensées.

– "Je te parles de ta tenue pour ce soir. As-tu trouvé ton bonheur ?"
– "Oh non. Malheureusement. Tout est bien trop chic et trop cher pour moi. Je m'apprêtais à aller voir dans une autre boutique."
– "Je ne sais pas à quel genre de soirée tu te rends. Mais connaissant le milieu dans lequel Matteo se trouve, tu ne pourras pas t'y rendre en jean et T-shirt."

Je soupire, tête baissée.

– "Oui, je sais, j'en suis bien consciente."

Kaïs me prend par le bras pour m'emmener dans un coin de la boutique.

– "Choisis celle que tu veux, je te l'offre."

Je recule de quelques pas me défaisant de son emprise.

– "Hors de question. Je dois déjà beaucoup à Matteo depuis que je suis arrivée en Italie. Je ne vais pas, en plus, en devoir à son frère."
– "Je ne te demandes rien en échange. Juste te voir la porter me suffit."

Il me sourit de son air charmeur. Je me laisse attendrir et accepte.

Nous partons à la recherche de LA robe pour ce soir. J'apprécie la compagnie de Kaïs. Je dois reconnaître que je ne le connais pas depuis longtemps mais il a très bon goût en matière de vêtements.

J'en essaye plusieurs sans vraiment trouver celle qui me satisfait.

Je sors pour la énième fois de la cabine.

Je découvre un Kaïs, les yeux perdus dans le vague. Il est assis dans le fauteuil qui me fait face, une jambe repliée sur la deuxième, toujours les manches de sa chemise retroussée, laissant découvrir certains tatouages, que je n'avais pas repéré lors de notre rencontre.

Entendant le rideau glisser sur la barre métallique, il relève la tête et me regarde, ses beaux yeux verts m'examinant de la tête aux pieds. Il est aussi beau que son frère, ce n'est pas pour rien qu'ils sont jumeaux. Ça devrait être interdit par la loi d'être aussi canon.

Qu'est-ce que tu fous Ewa ? Tu es déjà tombée entre les filets de Matteo, tu ne vas pas en plus tomber sous le charme de son frère.

– "Woouuuaaahhhhh !!!! Ewa, je crois qu'on a enfin trouvé celle qu'il te faut."

Je regarde mon reflet, tournant sur moi-même, m'admirant sous toutes les coutures.

Je dois reconnaître que Kaïs n'a pas tort, cette tenue est effectivement parfaite et embrasse mes courbes à la perfection. C'est une magnifique robe courte de couleur bleu turquoise, m'arrivant un peu au-dessus du genou.

Son col de dentelle enserre mon cou. Une ouverture est présente sur ma poitrine entre le col et le ventre. De la dentelle décore mes épaules ainsi que mon dos. C'est décidé, c'est cette robe qui sera choisie pour m'embellir ce soir. Je retourne en cabine me changer avant de rejoindre Kaïs qui m'attend déjà en caisse.

Il m'invite à faire plus ample connaissance autour d'un café. Malgré qu'il me connaisse à peine, j'ai l'impression qu'il a besoin de vider son sac. Il me parle de sa famille, de son frère.

Ils étaient inséparables, comme les deux doigts de la main. Jusqu'au jour où tout a basculé. Matteo s'est senti trahi par son jumeau lorsque ce dernier a séduit le premier amour de sa vie.

Il a découvert sa petite amie de l'époque à califourchon sur son frangin, ne laissant aucun doute sur leurs intentions.

Il les a foutus tous les deux dehors sans ménagements et ne les a plus jamais revus.

Après cette aventure, Kaïs a pris la décision de partir vivre en Tunisie où il a monté son affaire. Il est propriétaire d'un réseau de bars qui fonctionne très bien, le "Paradise". Voilà pourquoi le surfeur de la dernière fois l'a appelé patron.

Il est revenu dans son pays d'origine pour affaire, sans savoir que son frère était resté dans le coin pour continuer à mener sa petite vie tranquille. Et il s'en est plutôt bien sorti.

Je vois que ce sujet reste délicat pour Kaïs. Je ne lui donne pas raison, bien au contraire, c'est horrible ce qu'il a fait. Et je sens bien qu'il est temps de changer de sujet.

– "Tu restes pour combien de temps dans le coin ?"
– "Je repars dans deux jours en Tunisie."

Nous continuons à discuter jusqu'à ce qu'il soit l'heure de rentrer pour que je puisse me préparer en vue de la soirée qui s'annonce. Je remercie encore Kaïs pour ce super cadeau avant de rentrer auprès de Matteo.

* * * *

– "Tu te dépêches, Ewa. On va être en retard."

Je finis de me regarder une dernière fois dans la glace. J'ai opté pour un maquillage très naturel qui contraste avec le charme affriolant de la robe.

Je descends marche après marche les escaliers et découvre Matteo qui m'attend face à la porte en fermant un à un les boutons de manchettes de sa chemise bleu ciel.

Il se retourne lorsqu'il entend mes talons marteler le sol. Je vois dans son regard ébahi qu'il me trouve également à son goût.

– "Tu es....."

Les mots se perdent dans son besoin irrésistible de m'embrasser. Il se lance vers mes lèvres, maintenant ma nuque près de son visage afin de m'embrasser à pleine bouche. Il se recule et souffle dans mon cou.

– "Magnifique."

Je souris comme une adolescente puis nous partons direction la soirée tant attendue.

* * * *

La limousine pénètre dans une grande cour et vient se garer à proximité des autres voitures aussi luxueuses les unes que les autres. Mon regard se perd à l'horizon détaillant l'imposant château qui se tient devant nous. Mes yeux s'illuminent devant tant de beauté. Je n'ai vraiment pas l'habitude de ce genre de soirée.

Edward nous ouvre la porte arrière du véhicule. Matteo me tend la main, que je m'empresse de saisir, pour m'aider à descendre et nous nous dirigeons vers l'entrée de la demeure.

Nous pénétrons dans le hall accueillis par plusieurs personnes qui viennent le saluer. Il en profite pour me les présenter.

Un serveur nous tend une coupe de champagne que je saisi promptement.

Je trempe mes lèvres dans le doux liquide ambré pétillant.

Un homme d'un certain âge s'approche de nous et me tend la main pour m'inviter à danser. Tandis que nous virevoltons sur le rythme d'une valse au son de **"Le beau Danube bleu" composé par Johann Strauss II** sur la piste de danse, une voix me surprend, retentissant dans mon dos :

– "Je savais que cette robe te scierait à ravir." La voix s'adresse à l'homme qui m'accompagne. "Puis-je vous emprunter votre cavalière ?"

Le danseur me salue en effectuant un baise main laissant la place à mon nouveau cavalier.

– "Kaïs ? Je ne savais pas que tu serais des nôtres, ce soir ?"
– "Je ne savais pas que c'était ici que tu te rendais."

Je lui souris. Nous n'avons même pas le temps d'entamer la conversation qu'il se retrouve projeté en arrière.

Matteo lui fait face, poings serrés, les yeux injectés de sang, fou de rage.

– "Qu'est-ce que tu fous là, putain ! La première fois ne t'a pas suffi. Il faut que tu recommences."

J'essaye de m'interposer entre les deux, mais Matteo me repousse me demandant de ne pas m'en mêler. Je ne peux pas les regarder s'entretuer sans rien faire.

J'essaye de tirer tant bien que mal Matteo par le bras pour éviter que cette altercation s'envenime. Mais il est bien trop fort pour moi.

Deux hommes de la sécurité viennent à leur rencontre, les enserrent dans leurs bras baraqués arrivant finalement à les séparer après plusieurs essais infructueux.

Matteo me prend par le bras à la volée m'emmenant à sa suite, direction la voiture.

- "Mais qu'est-ce qui te prend Matteo ? Je ne comprends pas cet élan d'agressivité que tu as vis-à-vis de ton frère."
- "Ne t'en mêle pas, Ewa. C'est tout ce que je te demande."

Nous faisons la route du retour dans le silence.

De nouveau chez lui, nous passons à peine le pas de la porte, qu'il me plaque contre le mur, une main de chaque côté de mon visage.

- "Je t'avais demandé de ne pas t'approcher de lui."
- "Il m'a invitée à danser, je n'avais aucune raison de refuser sa proposition. Je n'allais pas faire un scandale devant tout ce beau monde contrairement à toi."

Il me regarde de ses yeux perçants. Je vois dans ses prunelles un mélange de désir, de frustration et de colère. Voire une pointe de jalousie.

Mais pourquoi serait-il jaloux ?

Seuls les hommes amoureux peuvent-être jaloux..... Non mais attend. Ne me dis pas que...

– "Ne me dis pas que tu es tombé amoureux de moi, Matteo ?"
– "Ne raconte pas de sottises veux-tu."

Il prononce cette dernière phrase dans un soupir. Il approche son visage de plus en plus du mien, ses lèvres frôlant les miennes. Des papillons s'animent au creux de mon ventre.
Il descend une de ses mains sur ma cuisse puis la remonte doucement, tout en caressant ma peau, ne se gênant pas pour soulever le bas de ma robe au passage. Il passe ma jambe sur ses reins et continue son exploration jusqu'à atteindre mon intimité.

Il glisse sa main dans mon tanga, un doigt puis deux s'introduisant entre mes lèvres gonflées et humides.

– "Déjà prête à me recevoir, princesse." Murmure-t-il dans mon cou.

Je ne réponds pas, souhaitant profiter au maximum du moment présent.
Mes mains descendent sur son torse musclé, passant mes doigts sur les boutons de sa chemise, les retirant un par un.
Tandis qu'une de mes mains caresse son torse, l'autre descend jusqu'à son boxer.

Je prends son sexe enflé et palpitant de désir entre mes doigts. Lui aussi est déjà prêt à rentrer en action.

Mon tanga se retrouve au sol sans que je n'aie eu le temps de dire ouf. Mon cou et mes seins sont parsemés de ses tendres baisers humides.

Tandis que je m'attelle à retirer son pantalon et son boxer dans un mouvement rapide. Il soulève ma robe, ses doigts caressant délicatement l'intérieur de mes cuisses remontant jusqu'à mes fesses.

Il me pénètre doucement puis sauvagement au rythme de sa respiration haletante et des battements de son cœur.

Il me porte en passant ses mains sous mon postérieur puis me transporte jusqu'à son lit.

Tout en profitant de lui sous tous les angles comme à chaque fois que nous faisons l'amour dans son antre, je caresse son dos ainsi que ses fesses en sueur.

Cet homme est toujours aussi sexy. Je passe ma main dans ses cheveux, tandis qu'un orgasme me tord les entrailles et remonte jusqu'à ma gorge. Je l'entends jouir dans mon oreille à son tour.

Il se couche à mes côtés avant de m'attirer tout contre lui en déposant un baiser sur mon front.

Je pose une main sur son tatouage, ma tête au creux de son bras puis m'endors dans ses bras puissants, épuisée par cette journée et cette nuit torride.

Chapitre 24

"Ne regrette pas les rencontres que tu fais dans ta vie. Les bonnes personnes te donneront du bonheur ; les mauvaises personnes te donneront de l'expérience ; les pires personnes te donneront des leçons et les meilleurs seront à tout jamais dans tes souvenirs."
- Auteur inconnu -

Je tapote le matelas à côté de moi me réveillant doucement. Ma main touche seulement les draps, aucune forme ne se dessine sur la surface plane, je n'y trouve que du vide. Matteo s'est levé le premier. Je me retourne sur le dos, mon reflet apparaît dans le miroir toujours accroché au plafond.

Les cheveux en bataille, les yeux rougis et les draps en satin recouvrant l'intégralité de mon intimité, je m'observe, pensive.

Je repense aux derniers évènements de ma vie, comment je suis arrivée ici. A mes amis, à ma famille qui sont loin de moi, restés en Amérique ou en France.

Mes parents me manquent, Andrew me manque, Alice me manque, Eden me manque ainsi qu'Hubert aussi et tous ceux qui font ou ont fait partie de ma vie.

J'ai eu mes parents et mes amis régulièrement au téléphone depuis mon accident. Ils prennent de mes nouvelles et j'en prends en retour.

En revanche, aucune nouvelle d'Andrew depuis qu'il est parti. Ce n'est pas faute d'avoir essayé de l'appeler mais je suis toujours restée sans réponse.
Je me relève pour m'asseoir sur le bord du lit, les pieds se balançant dans le vide. J'enfile la chemise de Matteo que je trouve sur le dossier de la chaise.

Toujours nostalgique, je décide de descendre au rez-de-chaussée pour jouer du piano. La seule chose, ici présente, qui me rapproche le plus de ma famille.
Je traverse le couloir, humant la bonne odeur de café, Matteo doit préparer le petit-déjeuner dans la cuisine.

Je rentre dans la pièce et m'assois devant les touches pour caresser le clavier. Je commence à jouer **"All of me" de John Legend** repensant aux moments où mon père m'a enseigné le solfège et la musique.

Tandis que je joue, je sens la présence de Matteo s'installer à mes côtés. Son regard se pose sur moi et me détaille. Je me demande toujours à quoi il peut penser quand il me regarde comme ça. Il pose, à son tour, ses doigts sur les touches pour m'accompagner. Il se met à chanter de sa magnifique voix suave et sexy.

Cause all of me
Parce que mon être entier
Loves all of you
Aime tout de toi
Loves your curves and all your edges
Aime tes courbes et tous tes contours
All your perfect imperfections
Toutes tes parfaites imperfections
Give your all to me

Donne-toi à moi toute entière
I'll give my all to you
Je te donnerai tout de moi

Je m'interromps surprise :

- "Je ne savais pas que tu savais chanter ?"
- "Il y a pleins de choses que tu ne sais pas encore sur moi, princesse."

Je rougis, j'adore toujours autant quand il me surnomme comme ça.

Il me prend par les hanches et me fait asseoir à califourchon sur ses genoux.

- "Mais je peux t'en faire découvrir davantage." Ajoute-t-il avec son sourire de Don Juan.

Tandis qu'il pose ses mains dans mon dos me rapprochant un peu plus de lui, mon téléphone se met à vibrer posé sur le pupitre du piano, il fait retentir les cordes dans la caisse de résonnance.
Je m'en saisi pour y découvrir un message de la part de Kaïs :

- Coucou beauté, je pars demain et j'ai encore tellement de choses à préparer avant mon départ. Serait-il possible que tu me rejoignes dans une heure ? Je souhaiterais passer un peu de temps en ta compagnie avant de partir. -

Je m'adresse à Matteo descendant de ses genoux :

- "Je suis désolée. Je dois y aller."

Il me regarde incrédule ne comprenant pas trop ce retournement de situation.

Me regardant partir je l'entends crier :

- "Il faut que je te parle, Ewa. J'ai quelque chose de très important à te dire."
- "Plus tard, je n'ai pas le temps-là." J'hurle depuis les escaliers.

* * * *

Je retrouve Kaïs à l'endroit où il m'a invitée à prendre un café la dernière fois.

- "Coucou beauté, n'ayant pas eu de réponse de ta part, je pensais que tu ne viendrais pas."
- "Et bah si je suis là. Alors prêt pour ton retour ?"
- "Mes valises sont prêtes mais je t'avoue que depuis que je t'ai rencontrée je n'ai plus trop envie de partir."
- "Oh...."

C'est tout ce que j'ai réussi à lui répondre. C'est vrai qu'il est beau, charmant et que sa compagnie est plutôt agréable. Mais même si Matteo et moi on ne s'est rien promis, je ne désire pas trahir sa confiance.

Surtout après ce qu'il a vécu avec son frère. Je change de sujet :

- "Que désires-tu faire pour ta dernière journée en Italie ?"

– "J'ai cru comprendre que tu étais une excellente cavalière. Je souhaiterais galoper sur la plage à tes côtés."
– "Oh, je suis désolée Kaïs. Mais cette balade risque d'être compromise."

Je lui réponds les larmes aux yeux, repensant à mon tragique accident qui vaut que je sacrifie ma passion.

Il se passe une main dans les cheveux, embarrassé :

– "J'ai dit quelque chose qu'il ne fallait pas ?"
– "Oh non. Ça aurait été avec plaisir. Malheureusement depuis mon accident, j'ai interdiction de remonter à cheval. Ça pourrait m'handicaper à vie si j'en demande trop à mon corps."

Il ne comprend pas un traître mot de ce que je lui raconte. C'est vrai qu'il est ici que depuis quelques temps et n'a donc pas eu l'occasion de lire les journaux de ce fameux jour.

Je m'empresse de lui raconter toute l'histoire, mon accident, mon séjour à l'hôpital, l'hospitalité de Matteo.

– "Je comprends mieux ton attachement pour mon frère alors. Bon bah changement de programme du coup."

Nous avons décidé de simplement nous balader au bord de l'eau. Nos pieds s'enfouissant dans le sable chaud.

La journée touchant à sa fin, Kaïs me raccompagne, me déposant au coin de la rue pour s'éviter les foudres de son frère.

Chapitre 25

"La photographie est l'art de montrer de combien d'instants éphémères, la vie est faite."
- Marcel PROUST -

De retour au manoir, je découvre un Matteo adossé au mur, les bras croisés sur sa poitrine. D'après son visage fermé, il m'attend de pied ferme depuis un petit moment. Il me regarde, ses yeux verts ayant pris une teinte beaucoup plus foncée, me décourageant de toute tentative de fuite. Il me scrute, les sourcils froncés, le regard mauvais et le visage boudeur.

– "Je ne veux même pas savoir pour quelle raison tu as décidé de me laisser ce matin. En revanche, ne t'aventures plus jamais à m'abandonner dans un tel état d'excitation."

Je trace ma route, baissant la tête en évitant de croiser son regard et lui passe devant essayant de ne pas relever ses propos.
Lorsque je suis à sa portée, il m'attrape violemment le poignet.

– "Ewa, je te le demande. Ne recommence pas ça."
– "Lâche-moi, Matteo. Tu me fais mal. Je n'ai aucun ordre à recevoir de toi."

Il me relâche instantanément comme s'il s'était brûlé. Il se ressaisit de suite, reprenant d'un ton beaucoup plus calme.

– "Passe la journée avec moi demain, s'il te plait. Je t'ai réservé une petite surprise."

J'acquiesce, résignée, par un signe de tête avant de monter me coucher. Il se fait tard, je n'ai pas envie de me prendre la tête avec lui ce soir.

* * * *

Tôt le lendemain matin, je suis réveillée en fanfare par **"Sofia" d'Alvaro Soler** diffusée dans toute la maison. Vive le réveil en douceur !

J'émerge à peine de ma nuit agitée que la porte s'ouvre dans un fracas permettant à un vent frais de me parcourir le corps :

– "Debout là-dedans. Dépêche-toi on va être en retard !"

Matteo hurle dans mes oreilles après avoir pris soin de me retirer les couvertures.

Recroquevillée sur moi-même, la tête plongée sous l'oreiller, j'essaye de complètement l'ignorer. Ma nuisette remonte légèrement sur mes hanches. La main délicate de Matteo vient frôler la peau de mes fesses, je l'arrête immédiatement, lui adressant une petite tape sur la main :

– "Non mais t'es pas sérieux. Ça ne va pas de réveiller les gens au saut du lit comme un taré en hurlant ?"

* * * *

Après un trajet de quelques minutes en voiture, nous nous retrouvons face à un bâtiment totalement vitré. De l'extérieur, nous pouvons distinguer quelques portraits suspendus, des appareils photos installés sur des piédestaux exposés en vitrine. Au fond de la pièce, on peut apercevoir un grand fond de studio blanc avec des parapluies sur pied ainsi que tout le matériel professionnel dont un photographe peut avoir besoin.

- "Tu m'as emmenée dans un studio photo ?"
- "Oui, je souhaitais que tu partages une partie de moi. Je désirais te faire découvrir ce qui fait mon métier, ce qui rythme ma vie depuis quelques années maintenant."

Nous descendons de voiture, Matteo, en vrai gentleman ou pour se rattraper de son comportement de la veille, je ne sais pas trop, me tient la porte du bâtiment et nous pénétrons dans le studio.

Une voix rocailleuse se fait entendre en résonnant sur les parois de la bâtisse.

- "Ah Matteo ! Je t'attendais. Nous allons enfin pouvoir commencer."
- "Bonjour Pedro. Je suis venu accompagné aujourd'hui. Je te présente Ewa."

Le photographe découvre finalement ma présence puis se retourne vers moi, surpris. Il me sourit, une main tendue dans ma direction. Je m'empresse de lui serrer.

- "C'est la première fois que tu viens accompagné, d'une aussi jolie jeune fille qui plus est. Je suppose que tu me présentes enfin ta petite amie."
- "Oh non non non ! Tu fais erreur. Nous ne sommes pas ensemble."

Pedro déçu, triture l'appareil photo qu'il a en main.

- "C'est bien dommage. J'aurais enfin pu t'immortaliser en couple. Une auteure de livre a fait appel à mes services pour la couverture de son roman. J'avais pensé à toi car tu es mon mannequin le plus charismatique. Ton image ferait vendre à coup sûr. Mais c'est une photo à deux qu'elle recherche."

Matteo nous regarde simultanément. Je sens mal ce qu'il s'apprête à répondre.

- "Nous pouvons jouer le jeu. Il n'y a aucun souci. Si ça peut nous faire décrocher un nouveau contrat."

Je ne vous avais pas dit que je le sentais mal sur ce coup-là. Dans un élan, je me retourne brusquement vers ce dernier.

- "Je te demande pardon ? Tu ne m'as même pas demandé mon avis à ce que je sache."

Il me prend par la main pour m'entraîner à l'écart.

- "S'il te plait Ewa. Fais ça pour moi, j'ai besoin de ce nouveau contrat. C'est une nouvelle opportunité qui peut m'ouvrir des portes aujourd'hui. Et puis ça me permettra d'étendre un peu mon book. J'en ai un peu marre des photos en célibataire."

Je ne sais pas à quoi il joue. Mais après tout ce qu'il a fait pour moi, je lui dois bien ça. Je hoche la tête en signe d'approbation. Il me sourit et se tourne, enjoué, vers son photographe pour accepter sa demande.

Pedro sollicite Matteo pour qu'il aille se positionner face au flash, torse nu. Il s'exécute le plus à l'aise possible. On voit bien qu'il est comme un poisson dans l'eau, se mettre nu ne le dérange pas le moins du monde.
Quand le photographe se tourne vers moi me demandant de me présenter aux côtés de Matteo en sous-vêtements. Je reste abasourdie, pas aussi à l'aise que mon partenaire.

Je commence à retirer ma veste hésitante. Matteo s'approche de moi pour me prendre dans ses bras.
Tout en me rassurant, il m'aide à me déshabiller, s'appropriant mon corps avec des gestes doux et des mots réconfortants.

Une fois en petite tenue, je reste aux côtés de Matteo, le suivant de près, ses bras entourant mon corps frigorifié. Je suis complètement déstabilisée par ce revirement de situation. J'étais censée venir en spectatrice, je ne pensais pas me retrouver au centre de l'attention pour faire la couverture d'un roman.

Je me place derrière Matteo, les mains de chaque côté de son corps. Ce dernier s'écarte vivement.

- "Putain tu as les mains gelées, Ewa."
- "Désolée."

Il se met face à moi, emprisonnant mes mains dans les siennes. Cette chaleur m'électrice et me réchauffe instantanément. Il sait vraiment être charmant quand il veut.

- "Bon les amoureux. Quand vous aurez fini, on pourra peut-être commencer ?" S'impatiente le photographe. Nous nous regardons dans les yeux, nous nous sourions avant de revenir sur terre face à un Pedro qui piaffe, sans arrêt, d'impatience.

Toujours caché derrière Matteo, Pedro me demande de changer de position. Je me place de son côté droit, une main posée dans son dos et l'autre sur son torse comme me l'a demandé son photographe. Apparemment, je me situe trop loin de lui à son goût et d'une main mon partenaire me rapproche davantage de son corps.

Moi qui étais glacée, je me retrouve tout à coup en sueur, brûlante comme la braise. Il fait décidément très chaud dans ce studio.

– "Bien, parfait comme ça. Regardez-vous droit dans les yeux. Avec cette lueur qui fait que les amoureux sont ce qu'ils sont l'un pour l'autre."

Nous exécutons ses ordres autoritaire, professionnels mais néanmoins amicaux. Je suis toujours aussi mal à l'aise mais Matteo sait me décontracter.

– "Parfait."

Nous entendons le bruit de l'appareil photo se mettre en action. Les déclenchements des flashes fusent.

A force de nous admirer dans les yeux comme ça. Plus rien n'existe autour de nous et Matteo se rapproche de plus en plus de mon visage, jusqu'à effleurer mes lèvres d'un doux baiser.

Pedro doit penser que nous jouons le jeu à fond car le crépitement de son appareil continu à exécuter son travail.

– "Tout simplement parfait. Je pense que c'est exactement ce que la cliente recherche. Là, cette intensité, ce feu invisible ardent entre vous. Elle sera contente de voir ces photos."

Nous continuons la séance toute la journée, de temps en temps parasités par le rapprochement de nos deux corps.

La séance terminée, nous prenons congé de Pedro et retournons à la voiture.

* * * *

Une fois installés, Matteo relève ma tête d'un doigt sous mon menton, son regard plongé dans le mien, il s'exclame :

– "J'ai une autre surprise pour toi. Pour cela, il va falloir que je te bande les yeux."

Je ne bronche pas et le laisse passer autour de ma tête un morceau de tissu qui me plonge dans le noir complet. Il avait déjà tout prévu.

Je sursaute en sentant la voiture redémarrer. Après quelques minutes de route, nous arrivons à destination. J'entends Matteo couper le moteur. Un long silence pesant s'installe tandis que la porte côté passager s'ouvre. Il se saisi de mes mains pour m'aider à sortir du véhicule sans heurts.

N'ayant plus la vue à ma disposition, les autres sens s'en retrouvent décuplés. Une odeur iodée vient titiller mes narines, au loin le son relaxant des vagues venant s'écraser sur les rochers m'emplit les oreilles.

Matteo me prend par les mains me faisant avancer doucement mais sûrement vers le lieu de sa convoitise. Il m'aide à m'asseoir sur une surface lisse, dure et froide.

Je sens le foulard quitter mon visage, la lumière inonde de nouveau mes yeux.

Nous sommes installés au sommet d'une falaise. Mes prunelles de couleur noisette admirent l'horizon où un magnifique coucher de soleil se laisse contempler. Le ciel se colore d'orange, de jaune et de rose.

Ne lâchant pas ce super spectacle des yeux, je m'adresse à Matteo :

- "Mais c'est que tu deviens romantique, dis donc ?"
- "N'allons pas jusque-là mais ton séjour arrivant à sa fin, je trouvais dommage que tu ne puisses pas profiter d'un si beau paysage avant de partir."

Dans une semaine, je serais de nouveau de retour chez moi. Je suis euphorique à l'idée de retrouver les miens qui m'ont tant manqué.

J'ai passé un agréable séjour en Italie en compagnie d'un Matteo qui m'a été d'une grande aide. Je lui suis totalement reconnaissante. Sans lui mon voyage ici aurait été un vrai cauchemar.

Sa main se pose délicatement dans mon dos et ce contact m'enflamme.

Je suis contente de l'avoir rencontré.

Chapitre 26

"La vie ce n'est pas d'attendre que les orages passent, c'est d'apprendre comment danser sous la pluie."
- Sénèque -

Le temps défile à toute vitesse, j'arrive déjà au terme de ma convalescence. Demain, je serais de retour chez moi. Je reverrai enfin mes amis et je retournerai voir mes parents qui me manquent cruellement. Et j'espère, finalement pouvoir poser des mots sur cet éloignement incongru que m'a imposé Andrew. Ce serait bien que nous puissions en discuter.

Matteo m'a soutenu et aidé dans cette terrible épreuve. Il m'a appris à marcher de nouveau, à essayer de surmonter la perte terrible de ma passion. Je ressens comme un pincement au cœur de devoir le quitter mais on ne sait pas de quoi l'avenir est fait.

Après une bonne douche chaude, je m'apprête à descendre au rez-de-chaussée prendre mon petit-déjeuner lorsque des coups frappés de plus en plus fort parviennent jusqu'à mes oreilles. Je m'approche à pas de loup de l'endroit où provient ce bruit. Le son se fait de plus en plus persistant. J'entrouvre la porte de la salle de sport de Matteo, là où on se retrouvait pour mes séances de rééducation. Je le découvre torse nu, son jogging descendant sur ses hanches sexy. Tout en sueur, il tape consécutivement sur son sac de frappe suspendu au plafond, sans remarquer ma présence. Je continue à l'observer, sans un bruit, appuyée nonchalamment sur le chambranle de la porte, une main sur la hanche. Lorsqu'il s'arrête, épuisé par cette épreuve, il prend son sac à deux mains pour l'empêcher de vaciller, il relève la tête et s'arrête sur mon image qui se reflète dans le miroir.

– "Bonjour princesse. Tu m'observe depuis longtemps ?"
– "Suffisamment pour avoir eu le temps d'admirer tes muscles en action."

Il tourne sa tête vers moi, tout sourire, faisant apparaître une magnifique dentition blanche, sa fossette sur sa joue droite se prononçant davantage.

– "J'espère que tu es prête pour ta dernière journée en ma compagnie. Une journée sensationnelle s'offre à nous. Tu n'es pas prête de l'oublier de sitôt."
– "Et humble avec ça en plus."

Nos rires emplissent la pièce.

* * * *

Installés confortablement dans sa voiture, je le regarde concentré sur sa conduite, les deux mains posées sur le volant, les bras tendus. Il me sort de ma rêverie.

– "Tu ne peux pas repartir sans avoir fait cette activité. C'est incontournable à San Remo."
– "Je suis pressée de voir ce que tu m'as concocté."

La voiture se gare sur un parking. Matteo me montre du doigt un énorme navire, de l'autre côté de la rive. Du monde se trouve déjà sur le pont.

– "Tu vois ce bateau là-bas ? Il nous attend. J'espère que tu n'as pas le mal de mer car nous allons passer une bonne partie de la journée sur l'eau."

* * * *

Voilà déjà une heure que nous sillonnons le littoral, bercés au rythme des flots. Matteo scrute l'horizon à la recherche de quelque chose. A chaque fois que je lui demande ce qu'il a perdu, il me répond : "tu verras". A part, prendre mon mal en patience, je ne peux rien faire d'autre. Je ne vois pas ce qu'il peut chercher car il n'y a rien d'autre à perte de vue que ... la mer.

Lorsque subitement un jet gigantesque fait son apparition en plein milieu de cette étendue bleue. Matteo me prend par les épaules en me pointant le large du doigt :

– "Admire le spectacle, princesse."

Une baleine apparaît au loin et remonte à la surface, accompagnée de plusieurs petits ailerons. Nous apercevons une bonne dizaine de dauphins sauter tout autour du bateau, faisant des pirouettes. Un ballet féérique s'offre à moi dans la grande bleue.

J'admire, la bouche grande ouverte, ce que la nature a à m'offrir. Je n'ai jamais vu un spectacle aussi beau. Matteo a l'air ravi de l'effet que sa surprise a sur moi.

Je grelotte face au vent glacial qui se glisse dans mon dos et fait voler mes cheveux. Un sweat apparaît sur mes épaules, je lève les yeux pour regarder la provenance, mon regard croise celui de Matteo souriant. Tout en passant son bras autour de ma taille, il me rapproche de plus en plus de son corps afin de me réchauffer.

Je me penche par-dessus bord pour admirer les fonds marins, j'aperçois un dauphin qui a l'air de vouloir faire la course avec nous. Cette scène est juste magique, j'ai l'impression de rêver.

Les yeux pétillants de voir tant de beauté, je me tourne vers Matteo :

– "Merci pour ce super spectacle. C'est une excellente idée que tu as eu. Je n'oublierai pas ce moment de sitôt et je repartirai chez moi la tête pleine de souvenirs."

* * * *

Une fois notre petite virée terminée, des étoiles pleins les yeux, nous retournons chez lui. Je monte afin de préparer mes valises pour le voyage qui m'attend.
La porte de ma chambre s'entrouvre et la musique **"Pony" de Ginuwine** parvient jusqu'à mes oreilles.

Je me retourne pour découvrir Matteo en jogging gris et sweat de la même couleur avec la capuche sur la tête se dandiner et danser à la Channing Tatum. Une main devant la bouche pour étouffer un rire, je continue de le regarder, les yeux rieurs et envieux, curieuse de voir jusqu'où il sera capable d'aller.

Se rapprochant sensuellement de moi, il me pousse du plat de la main sur la poitrine. Je tombe à la renverse, mon dos percute le matelas qui rebondit sous mon poids.

— "Profite du spectacle princesse. C'est pour toi."

Il envoie un baiser dans ma direction tout en continuant à danser, dé zippant son sweat et retirant sa capuche. Un débardeur blanc moulant ses muscles saillants fait son apparition.

Il envoie valser son sweat au pied du lit. Sa danse sensuelle et sexy en ferait baver plus d'une. Mais en attendant, ce spectacle m'est réservé et j'aurais tort de ne pas en profiter.

Il exécute des acrobaties dignes d'un grand sportif. Il n'a vraiment rien à envier à un Dieu. Après ses pirouettes, ses saltos, ses déhanchés, il retire sensuellement son débardeur pour faire apparaître ses abdominaux dessinés à la perfection.

Je suis en sueur sans même avoir effectué un mouvement.

Je transpire d'adoration et mes yeux débordent de voir un si beau spectacle.

J'ai l'impression que mon cœur va ressortir de ma cage thoracique tellement il palpite.

Il a dû être stripteaseur à une autre époque car il sait y faire avec son corps.

Si vous n'avez jamais vu Channing Tatum dans Magic Mike lorsqu'il danse sur Pony, je vous en prie, n'attendez plus une seconde de plus et imaginez dans quel état je me trouve à l'instant précis. Pour une fois que les rôles sont inversés.

Qu'est-ce qu'il est beau et sexy. Il danse bien en plus ce con. Je suis subjuguée par tant de beauté.

Après sa danse endiablée, je le regarde s'approcher de moi tout doucement tel un félin guettant sa proie. Il parsème mon corps de baisers, tout en remontant membre par membre.

L'intérieur de mes cuisses, mon ventre, mes côtes, ma poitrine, mes épaules, mon cou, mes joues, ma bouche, tout y passe. Pas le moindre morceau de chair n'a été épargné.

Il fait descendre le long de mes bras, les bretelles de mon débardeur, frôlant mon cou et mes épaules de baisers tout en caressant mon échine du bout des doigts.

Je cambre mes reins, approchant davantage mon corps du sien. Il arrête sa progression pour me regarder dans les yeux. Je suis en transe par ce contact perpétuel et cette tension sexuelle permanente entre nous.
Je plonge mes yeux dans les siens, j'y lis du désir, de l'envie, le souhait de passer à la vitesse supérieure. Il approche de plus en plus son visage du mien, je sens son souffle frôler la moindre parcelle de ma peau. La douceur de sa bouche goûte la mienne avec délectation. Sa langue franchit la barrière de mes lèvres.

Une main dans mon dos, il m'accompagne dans ma descente jusqu'au matelas. Il déboutonne mon jean puis descend la fermeture éclair. Mon pantalon atterrit sur le sol sans même que j'ai eu le temps de m'en rendre compte, trop occupée à aventurer ma langue sur son corps, goûtant chaque parcelle de son épiderme, afin que ce souvenir reste gravé dans ma mémoire.

Tandis que sa langue poursuit son excursion, je plonge mes mains dans son pantalon pour me saisir de ses fesses, réalisant finalement que mon Apollon ne porte aucun sous-vêtement.

Je sens que la nuit va être torride.

Chapitre 27

"Il arrive un moment où vous devez arrêter de traverser des océans pour des gens qui ne sauteraient même pas une flaque d'eau pour vous."
- Auteur inconnu -

Je n'arrive pas à dormir angoissée par mon départ d'Italie. J'ai hâte de retrouver les miens mais malgré tout, l'univers que je m'étais construit ici aux côtés de Matteo vont me manquer.

J'ai pu vivre l'espace de quelques mois, le quotidien d'une petite princesse riche. Je dois reconnaître que c'est plutôt appréciable de se faire chouchouter et de pouvoir profiter du corps musclé d'un si beau mec.

De plus, cette chaleur écrasante et étouffante m'empêche de pouvoir profiter pleinement de ma nuit avant la journée du lendemain qui m'attend.

Des gouttes de sueur coulent le long de mon corps, de mon front et même entre mes seins. Je n'en peux plus. Il faut que je prenne une douche pour me rafraîchir.

Je me lève en prenant soin de ne pas réveiller Matteo qui lui, dort profondément pour le moment. Cette canicule n'a pas l'air de le déranger outre mesure. En même temps, en bel italien qui se respecte il doit y être habitué.

Je pénètre dans la cabine de douche pour laisser l'eau fraîche couler sur ma peau essayant de faire baisser ma température. Je passe le pommeau sur mon cou ainsi que ma poitrine avant de faire jaillir le liquide le long de mon dos puis de mes fesses en souhaitant rafraîchir la moindre parcelle de peau. Après ça, j'espère pouvoir passer une bonne nuit avant le grand départ.

Lorsque je sens mon corps se rafraîchir, prêt à affronter l'environnement ardent, je décide de sortir de la douche.

C'était sans compter sur cette moiteur instantanée qui vient de nouveau envahir mon corps sans me laisser de répit.

J'entre dans la chambre, enfile une petite culotte puis me dirige vers la fenêtre pour ouvrir les volets afin de laisser l'air ventiler le lieu devenu étouffant sous cette chaleur.

Les bras appuyés sur le rebord, mes yeux dirigés vers l'horizon, j'observe le paysage recouvert par une nuit chaude. La lune pleine vient éclairer la pièce de ses rayons. Les bruits nocturnes viennent envahir mon espace. Je ferme les yeux pour apprécier la douce mélodie des grillons qui m'emporte loin de cet encadrement brûlant.

Lorsque j'ouvre les paupières, mon regard se porte finalement sur la piscine en contrebas. L'idée d'un petit bain de minuit me traverse l'esprit. J'imagine que ça ne me ferait sûrement pas de mal.

Je tourne la tête vers Matteo constatant qu'il dort toujours profondément puis me dirige vers la porte avant de descendre les escaliers.

Au bord de l'eau, je m'assois sur la pierre et plonge mes deux jambes dans le bassin profitant de cette sensation agréable sur mes mollets avant d'immiscer l'intégralité de mon corps dans cette fraîche douceur.

Je fais quelques brasses jouissant de cette atmosphère agréable faisant redescendre ma température.

Je me laisse porter par l'eau fermant les yeux de plaisir quelques instants. J'approche du bord avant d'ouvrir les paupières lorsque je distingue une silhouette assise aux abords de la piscine qui me fait sursauter, je me croyais seule.

- "Alors Bella, on prend un petit bain de minuit ?"
- "Oh c'est toi Matteo ! Tu m'as fait peur. Je n'en pouvais plus de cette chaleur pesante alors je suis venu ici."

Il plonge dans l'eau sans un mot, pour se rapprocher davantage de moi.
Oh purée.... ! Cet homme fait flamber ma petite culotte en un battement de cils.

J'ai l'impression qu'elle va, d'ailleurs, pas faire long feu. Je le regarde s'avancer dans ma direction, plantant mes canines dans ma lèvre inférieure observant le lion gravé sur son torse se mouvoir sous ses déplacements.
Il pose ses deux mains sur ma taille puis me plaque aux parois derrière moi avant de s'emparer de ma bouche avec avidité. Une de ses mains vient caresser ma poitrine et titiller mes tétons.

Tandis qu'il passe l'autre dans le seul morceau de tissu qui fait rempart entre mon corps et le sien. Je sens un doigt puis deux pénétrer dans mon intimité. Ce simple geste me fait gémir. Ma tête projetée vers l'arrière lui laisse libre accès à mon cou.
Sa bouche vient parsemer de baisers la peau fine de ma gorge.

Je passe mes doigts dans ses cheveux profitant de ce dernier moment en sa compagnie. Pendant qu'il passe ses mains de chaque côté de l'élastique de ma culotte avant de la faire descendre le long de mes jambes avec soin. Je caresse du bout de mes index le contour de ses muscles se dessinant sur son dos et ses épaules.

Alors que je ne m'y attendais pas, je me retrouve face aux bords de la piscine, le ventre frottant le carrelage qui la recouvre. Ses mains viennent agacer mes tétons continuant leurs descentes le long de mon abdomen pour venir frôler mon bouton d'or déjà gorgée de plaisir.

Je sens son érection se présenter à l'entrée de mes fesses, me pénétrant avec douceur avant de redoubler d'effort pour me prendre beaucoup plus sauvagement.

Les deux mains appuyées au bord de la piscine me tenant fermement sous les assauts de ses coups de reins, je ne peux m'empêcher d'aimer ce rapport. Nous jouissons à l'unisson Maintenant que j'y ai goûté je ne suis pas sûre de pouvoir m'en passer. Tandis que son sexe toujours dur se sépare de mon corps.

Je fais de nouveau face à lui, les yeux toujours pétillants de désir plongeant mon regard dans le sien, malicieux. Il ne me laisse pas un moment de répit alors que son sexe me pénètre de nouveau violemment.

J'espère que rien ne pourra effacer ce souvenir désirable et agréable.

Chapitre 28

"Donner une deuxième chance à quelqu'un qui t'a trahi c'est comme donner une deuxième balle à quelqu'un qui t'a manqué."
- Auteur inconnu -

Allongée sur le ventre, les bras repliés sous l'oreiller, les draps recouvrant ma nudité, j'ouvre doucement les yeux, réveillée par un bruit fort et strident. C'est avec une pointe de déception que je constate que l'autre côté du lit est libre de toutes présences. J'entends l'eau couler au loin, il a déjà filé sous la douche. Ce bruit persistant qui me vrille les oreilles commence sérieusement à m'agacer. Il me sort complètement de mon sommeil.

Je me lève, prenant toujours soin de faire attention à ma cheville qui reste sensible et légèrement douloureuse. Un drap enroulé autour de mon corps, je pars à la recherche de la source de mon réveil prématuré.

Mais plus le bruit s'intensifie, plus j'ai l'impression de l'avoir déjà entendu.

J'arrive devant le sac d'équitation de notre beau cavalier. Je regarde autour de moi, Matteo n'est toujours pas dans la pièce. Je plonge les mains dans le sac pour en sortir l'objet de mes tourments. Ce bruit me rappelle toujours quelque chose mais impossible de me souvenir quoi. Plus rien n'existe autour de moi, absorbée dans la contemplation du téléphone de Matteo. Je ne me suis même pas rendu compte que l'eau de la douche avait cessé de couler.

Ce dernier se matérialise à mes côtés m'arrachant le téléphone des mains pour le propulser contre le mur. Je sursaute, le cœur battant à cent à l'heure.

- "Je connais ce bruit." Dis-je, légèrement paniquée, me retournant face à lui.

Je découvre un Matteo pratiquement nu, une serviette autour de la taille, le regard inquiet et les sourcils froncés :

- "Je peux tout t'expliquer ...."
- "M'expliquer quoi au juste ?"
- "Ce....ce..... bruit."

Matteo bégaye, passant une main dans ses cheveux légèrement embarrassé, distant et anxieux.

Soudainement, les souvenirs me percutent de plein fouet. Mon cheval qui se cabre, la chute violente au sol, mon hurlement, le bruit de mes os qui se brisent, le verdict des médecins, mon séjour à l'hôpital.... Non c'est impossible ! Il n'aurait pas osé me faire subir une telle épreuve.

Je sens mon sang quitter mon visage. Je blêmis, recule, la main sur la bouche, horrifiée par ce que je viens de comprendre.

- "Ce n'est pas ce que tu crois." Enchaîne Matteo devant mon regard brillant.
- "Non ne me dis pas que c'est toi. Ce n'est pas possible. Pas ça, pas toi ! Je ne crois rien Matteo, je constate." J'hurle à son intention.
- "Je n'avais pas le choix."

A ces mots, mes larmes coulent le long de mon visage, bien malgré moi. Je me sens horriblement trahie. Mon cœur se déchire de voir qu'il a été capable d'un acte aussi odieux et cruel.

- "Non mais tu te rends compte de ce que tu as fait ? Tu viens de bousiller ma vie. D'après les médecins, je ne pourrai plus jamais remonter à cheval. Le bonheur d'être en selle, les balades en forêt, la préparation des concours. Tout ça c'est terminé pour moi, par ta faute." Lui envoyai-je dans la figure la voix tremblotante.

Il se rapproche de plus en plus de moi, la main tendue. Voyant que je recule, apeurée par la situation, il continue son explication :

- "Je suis désolé, Ewa, j'étais obligé. Tu étais une concurrente sérieuse, la seule qui avait le niveau pour me faire face. Il fallait que je t'élimine pour remporter cette compétition. Sinon j'aurais été deuxième et ça c'est impossible. Je n'ai jamais été deuxième."

Ne laissant aucun répit à Matteo, mes jambes me rapprochent de lui sans que mon cerveau n'ait eu le temps de leur ordonner. Ma main vient s'écraser sur sa joue avec toute la violence dont je suis capable envoyant son beau visage valsé.

- "Tu m'as fait subir tout ça pour une histoire de classement ? Il va falloir que tu apprennes à mettre ton orgueil de côté. Être deuxième c'est la vie, c'est ce qui te permettra d'avancer et de mieux réussir à l'avenir. En attendant, tu viens de m'abattre, je ne pourrai plus monter. Je te hais pour ce que tu as fait. Je ne veux plus jamais te revoir."

Il caresse sa joue surpris par mon geste, choqué par un tel acte de ma part. Je ne me suis jamais permise de le toucher. Mais je ne pouvais pas laisser passer ça, il m'a brisée, broyée, trahie, humiliée, ... les mots ne sont pas assez fort pour exprimer ce que je ressens en ce moment.

– "Tu ne peux pas dire ça après tout ce qu'on a vécu, Ewa."

Mes larmes redoublent d'intensité.

– "Qui me dit que ce qu'on a vécu est vrai, tu m'as menti depuis le début."
– "Non, Ewa, je ne t'ai pas menti sur mes émotions, mes sentiments, sur les moments que nous avons partagés. Je ne pensais pas ressentir tout ça pour toi, sinon on ne se trouverait pas dans cette situation."

Je m'apprête à lui assener une nouvelle gifle qui s'annonce monumentale, lorsque mon geste est stoppé dans son élan par sa main autour de mon poignet. Je me dégage violemment puis enchaîne :

– "Tais-toi, je ne veux plus t'entendre. Je prépare mes affaires et je me casse. Adieu la concurrente que tu as voulu détruire. Adieu la petite française / américaine trop naïve. Dans tous les cas je te félicite, tu as gagné. Tu as remporté le premier prix et surtout tu as brisé ta rivale."

Je sors de la chambre en claquant la porte, traverse la maison telle une furie pour atteindre la salle de bain afin de me préparer pour mon départ définitif.

Une voix étouffée me parvient de l'autre côté de ce morceau de bois qui nous sépare.

– "Ne fais pas ça, Ewa... Ne m'abandonne pas, s'il te plait."

Je ravale mes sanglots tentant de maîtriser ma voix avant de me reprendre.

– "Laisse-moi tranquille, je ne veux plus jamais te revoir, tu m'entends, plus jamais."

Tandis que Matteo continue à tambouriner à la porte, je me laisse glisser le long de la paroi, pleurant à chaudes larmes sur tout ce que j'ai perdu.

* * * *

Une fois ma douche terminée, je tente de sortir sans un bruit de la salle de bain, je constate que je suis seule.

Je pénètre dans la chambre afin de récupérer mes valises de toute urgence avant qu'il revienne.

Ça peut paraître lâche mais je ne souhaite pas le revoir avant mon départ. Lui et moi c'est définitivement fini. Je ne sais même pas si on pouvait parler d'une relation amoureuse car nous n'avions jamais posé de mots sur ce que nous vivions. Mais j'appréciais ce que nous étions l'un pour l'autre. Les choses auraient pu se dérouler autrement s'il ne m'avait pas menti dès le début. Ou mieux, s'il n'avait pas échafaudé ce plan impitoyable.

Cet homme m'a totalement arraché le cœur, le brisant en mille morceaux, le piétinant à mes pieds. Je ne pensais pas qu'il serait capable d'une telle chose.

Je ne pourrais jamais lui pardonner.

Chapitre 29

"Ne t'inquiète plus des gens qui ont fait partie de ton passé. Il y a une raison pour laquelle ils ne feront pas partie de ton avenir."
- Auteur inconnu -

Mon portable ne cesse de vibrer. Tantôt par des messages de Matteo, tantôt par ses appels manqués qui restent sans réponses. Il me précise qu'il a dû partir pour gérer une urgence, il espère qu'à son retour je serai toujours présente pour qu'on puisse discuter de notre dernier échange désastreux. Tu parles d'une "fin" !

C'est peut-être un peu tard pour qu'on est une conversation, il a eu assez de temps pour m'en parler. Il a déjà réussi à me berner une fois et c'était la fois de trop.

Je descends les escaliers tout en soulevant mes valises avec difficulté jusqu'au rez-de-chaussée.

Je passe le pas de la porte pour la dernière fois, le taxi m'attend dans la cour. Lorsque le chauffeur m'aperçoit, il vient à ma rencontre pour me débarrasser de mes affaires afin de les ranger dans le coffre. Pendant ce temps-là, je prends place sur la banquette arrière sans un regard sur la demeure.

Le chauffeur claque ma porte et part s'installer au volant. Ça y est c'est parti, c'est terminé. C'en est fini de ma convalescence en Italie, je retourne chez moi près des miens. Finis les bons moments que nous avons partagés. Terminé l'homme qui prenait soin de moi et commençait sérieusement à me plaire.

Je sens la voiture démarrer, roulant au pas. Nous nous apprêtons à passer le portail, lorsque la voiture de Matteo fait son apparition. Son véhicule roulant doucement à proximité, frôle presque la tôle du taxi.

Je sens sur moi ses pupilles vertes émeraude me transpercer alors que mon regard se perd au loin depuis la fenêtre. Je ne peux résister à l'envie de plonger mes yeux dans les siens une dernière fois. La situation lui échappe complètement, il a perdu toute maîtrise.

Lui qui ne supporte jamais de ne pas être maître de ses émotions, ni de mes actes.

Sa voiture s'arrête brusquement, dans un crissement de pneu, lorsqu'il comprend que je ne m'arrêterais pas, en route vers mon départ imminent.

Le taxi reprend son allure rythmée pour m'emmener direction l'aéroport.

Je regarde Matteo, par la vitre arrière, courir derrière nous criant mon nom à pleins poumons. Voyant qu'il ne pourra pas faire face à ce tas de ferraille, il ralentit son allure, jusqu'à s'arrêter complètement l'air abattu.

Je me retourne face au chauffeur, fermant les yeux sur mon désespoir et son cri de détresse. Je m'enfonce davantage dans mon siège. Pendant que la radio du taxi diffuse **"Perfect" de Ed Sheeran**, je laisse mes larmes couler librement le long de mes joues pour venir s'échouer sur mes lèvres.

Quelle ironie du sort !

* * * *

Le chauffeur me dépose à l'aéroport m'aidant à sortir mes valises du coffre.

Je me dirige vers le comptoir d'enregistrement et passe le sas de sécurité.

Mes écouteurs dans les oreilles, je prends place sur un siège devant ma porte d'embarquement attendant mon tour. Je suis heureuse de pouvoir retrouver les miens, mon univers, mes études, Eden et je ne vais pas me le cacher mais mes moments délires avec Andrew me manquent cruellement. Je reste toujours sans nouvelles de lui.

Je ne pensais pas partir de l'Italie avec un mauvais souvenir en tête, qui malheureusement commence à prendre le dessus face aux merveilleux moments que j'ai pu passer en compagnie de Matteo.

Je reste pensive, mon sac sur les genoux, les écouteurs dans les oreilles, écoutant la voix harmonieuse de **Vitaa avec "Comme d'hab"** cette musique remet souvent en question mes certitudes. Je me repasse en boucle les évènements qui m'ont menée jusqu'à ce siège froid et dur, faisant face seule à mon départ imminent.

Mais quelques questions persistent encore et toujours dans mon esprit : Pourquoi m'a-t-il gardée à ses côtés ? Pourquoi avoir pris la décision que je finisse ma convalescence chez lui, avec lui, plutôt qu'à l'hôpital ?

Ce n'est pas possible. C'est incohérent. Il y a quelque chose qui m'échappe encore. Il avait sûrement pitié de moi ou pire il

culpabilisait de m'avoir fait subir ce tragique accident ainsi que les conséquences qui vont avec.
Je sens quelqu'un me tapoter l'épaule :

– "Mademoiselle ?"

Je retire mes écouteurs puis lève le regard vers un agent de sécurité, cheveux rasé, ses yeux noisettes dirigé vers moi.

– "Bonjour Mademoiselle, je suis désolé de vous déranger mais ça avait l'air urgent. Je me permets de vous donner ceci de la part du jeune homme qui se trouve de l'autre côté du sas."

Il me tend un morceau de papier plié. Pas la peine de me retourner, je n'ai aucun doute sur l'auteur.

Je le déplie soigneusement, tremblante, me demandant ce qu'il peut bien me vouloir encore après ce qu'il m'a déjà fait subir.

Une écriture très fine, joliment écrite est notée sur le papier faisant apparaître ces mots que je ne pensais pas lire venant de lui :

- *"Pardonne-moi. Reviens-moi. Je t'aime."*-

Mes larmes coulent toutes seules pendant que mes mains froissent le morceau de feuille faisant disparaître le texte qui y était écrit.

Comment peut-il se permettre une chose pareille ? Il me détruit, pour ensuite me dire qu'il m'aime alors qu'il en avait largement l'occasion en quatre mois ? C'est trop facile de me jeter ça au visage, là, comme ça, sur un bout de papier pour que je lui pardonne. Mais je ne peux pas. C'est au-dessus de mes forces. C'est horrible ce qu'il a fait et tout ça pour quoi ? Pour remporter un prix tout en me mettant dans son lit.

Il y avait quand même beaucoup plus simple pour en tirer les mêmes conclusions.

Je me lève et m'avance vers ce récipient installé au milieu du hall. Je me tourne une dernière fois vers lui, le trouvant prostré près du porche de sécurité, les mains dans les poches, ayant interdiction de pénétrer dans le hall d'embarquement sans billet en sa possession.

C'est la première fois que je le vois dans une telle posture, impuissant face à ce qui lui arrive, le regard éteint.

C'est fini Matteo, tu ne me feras plus jamais souffrir. Adieu !

Je sens son regard posé sur moi pendant que je laisse le papier finir sa chute dans la poubelle, avant de me diriger vers la porte d'embarquement afin de quitter définitivement ce pays .... et son cœur.

Chapitre 30

"Voyager, c'est grandir. C'est la grande aventure. Celle qui laisse des traces dans l'âme."
- Marc THIERCELIN -

Arrivée à destination, je rallume mon téléphone qui ne cesse de vibrer sous les assauts des divers messages et appels de Matteo. Je l'ignore en le fourrant dans mon sac à main.

Je récupère mes valises puis passe les portes coulissantes de l'aéroport, mes bagages roulant derrière moi. Le froid glacial de notre beau pays me fouette le visage. Quelle variation de température ! Je ne m'attendais pas à un changement aussi radical.

Je m'apprête à lever la main pour héler un taxi. Lorsqu'une grande banderole attire toute mon attention. Elle fait son apparition bougeant au rythme du vent. Etant à contre-jour, je ne vois absolument rien, le soleil me brûle la rétine.

La main en visière, je distingue légèrement une phrase très colorée avec des cœurs un peu partout. Je plisse les yeux davantage afin de lire ce qui y est inscrit : "Bienvenue chez toi Ewa !"

Je réalise soudain que cette banderole m'est destinée, je baisse la tête pour apercevoir qui peut tenir cette bannière à bout de bras, heureuse de me rendre compte que je suis attendue. L'émotion me submerge tant cette attention arrive à un moment opportun dans ma vie. Mes larmes brouillant ma vision, je distingue juste quelques silhouettes qui apparaissent à mes côtés.

- "Oh, non ! Ne pleure pas ma chérie. Te voilà enfin de retour. Nous t'attendions tous impatiemment."

Je reconnais bien la douce voix réconfortante de mon amie.

On me tend un mouchoir, j'essuie lamentablement mes yeux ainsi que mes joues baignées de larmes.

Je découvre Alice qui s'empresse de déposer un gros bisou sur ma joue. Elle m'enlace si fortement qu'elle oppresse mes poumons, ne me permettant plus de respirer.

Je suffoque :

- "Arrête Alice, tu m'étouffes."

Elle se recule en rigolant, ses yeux toujours posés sur moi comme si elle avait peur que je ne sois pas réelle et disparaisse de sa vue.

- "Excuse-moi. Je suis tellement heureuse de te revoir."

Une main se pose sur mon épaule, je me tourne pour y découvrir un Hubert les larmes aux yeux, hésitant à me prendre également dans ses bras.

- "Ewa, je suis si content que tu sois enfin de retour parmi nous. Bienvenue chez toi."

Je l'enlace n'attendant pas son approbation.

– "Merci à toi Hubert pour tout ce que tu as fait pour moi, je t'en serais éternellement reconnaissante."

Je sens ses mains puissantes et rugueuses, possédant tant d'expériences, fatiguées par le travail qu'il a pu accomplir durant sa vie, se poser, incertaines, entre mes omoplates, puis me tapoter gentiment le dos sans un mot.

Je me sépare doucement de son étreinte pour découvrir derrière lui, deux êtres qui m'ont tellement manqués me faisant face avec tant d'amour et d'inquiétude. Je contourne Hubert pour sauter au cou de mes parents, heureuse de pouvoir enfin de nouveau les serrer dans mes bras. Ça fait tellement longtemps que je n'ai pas pu les embrasser.

Je m'adresse à mon père en signant :

– *"Mais qu'est-ce que vous faites ici ?"*
– *"Nous sommes là pour voir de nos yeux que tout va pour le mieux pour toi ma puce. Nous attendions ton arrivée avec une telle impatience. Tu nous a tellement manquée."*

Il me sert de nouveau dans ses bras. Ma mère se rajoute à notre câlin collectif comme nous avions l'habitude d'en faire. Je me défais de leur étreinte, mes yeux plongés dans les leurs.

Après plusieurs regards autour de moi, je me tourne finalement vers Alice et lui pose la question qui me brûle les lèvres depuis un moment :

– "Andrew n'est pas venu ?"

Elle se racle la gorge, mal à l'aise, avant de me répondre finalement :

– "Comme tu peux le constater, effectivement il n'est pas venu t'accueillir aujourd'hui. Je suis désolée. Il reste très rancunier et ne souhaite toujours pas te parler. Mais tu le verras, ne t'inquiète pas, il continue à aller en cours, tu finiras bien par le croiser. Il ne va pas pouvoir te faire la gueule éternellement. Dans tous les cas, quand tu remonteras à cheval, tu le verras au centre équestre."

Je soupire, les larmes aux yeux. C'est vrai qu'Alice connait les circonstances de mon accident mais pas les conséquences.

– "Je ne suis pas sûre de pouvoir remonter en selle un jour, c'est contre l'avis des médecins. Mais j'irai quand même rendre visite à Eden, lui aussi il me manque."

Suspendue à mes lèvres, examinant mes mouvements, analysant chaque mot que je viens de prononcer, mon amie passe son annulaire sur sa bouche tout en tapotant son menton du doigt :

– "Parce que toi, Ewa, jeune fille indépendante, libre comme l'air, têtue et j'en passe ... tu écouterais quelqu'un pour une fois dans ta vie ? Sincèrement, ma chérie, laisse-moi en douter. Jamais personne ne t'as dictée ta conduite, je ne pense pas que ça commencera aujourd'hui."

Nous sourions. Mon amie me serre de nouveau dans ses bras. Je lui souffle à l'oreille :

– "Merci chérie pour ce très beau tableau que tu peins de moi."

La voix d'Hubert nous fait sursauter :

– "Allez les amis ! En route, nous retournons au bercail. Je vous invite à discuter autour d'un bon café."

* * * *

Quelques kilomètres plus tard, je suis enfin de retour chez moi. Autour d'un café pour certains et d'un cocktail pour d'autres, les questions fusent, un peu, beaucoup... Comment c'est l'Italie ? Raconte-nous le déroulement de ton concours ? Ton accident ? Qu'as-tu fais pendant quatre mois là-bas ? Tu ne t'es pas ennuyée ? ...

Tout le monde parle en même temps. On ne s'entend plus. Nous sommes tous heureux de nous retrouver.

Par où commencer, d'ailleurs ? Quelques questions tournent un peu autour du voyage, de ma convalescence...
Je n'ai pas trop envie de penser au pourquoi du comment je suis arrivée ici. J'ai envie de profiter de la vie et du moment présent, de prendre des nouvelles, de savourer les retrouvailles.

Je prends soudain conscience de ma tenue vestimentaire : mon pull moulant violet, que j'ai dû enfiler arrivée en Amérique car mon corps était parcouru de frissons, mon pantalon noir, mes chaussures de marche. Je suis loin de la jeune fille se pomponnant pour les soirées de l'Italie. Je ne peux que constater que Matteo et moi ne sommes pas du même monde.

Mais le voyage sera vraiment fini lorsque mes bagages seront déballés. Je ne suis pas encore totalement rentrée.

* * * *

De retour dans ma chambre universitaire en compagnie de mon amie.

Je défais mes valises, je passe en revue toutes mes affaires et les range minutieusement à leur place comme si je n'étais jamais partie.

Ce n'est que lorsque tout est rangé que je me sens vraiment arrivée. Une fois les habits de tous les jours enfilés, je peux me rendre à l'évidence : au revoir les réceptions mondaines, au revoir les sorties hors de prix, adieu les magnifiques robes de soirées. Bonjour routine !

Quant au voyage, il ne finit pas plus quand on arrive qu'il ne commence quand on part. Tant qu'il en reste des traces visibles, je ne suis pas tout à fait revenue.

En fait, on ne revient jamais complètement d'un long voyage. Au-delà des traces visibles qui vous prennent par surprise, il y a évidemment celles invisibles : les souvenirs... Le voyage revient avec nous.

Le renouveau a toujours été un retour aux sources. La vie ? Une succession de départs. Avec prudence et patience, les beaux jours reviendront, j'en suis sûre. Avec eux, de l'ordre dans mes idées ainsi que de nouveaux projets. Je ne vais pas me laisser abattre, j'avancerai encore et toujours. En Amérique ou ailleurs.

Mon chemin sera certainement long et difficile. Dans les moments les plus obscurs, j'aime à penser que la résistance du cœur est incalculable, absolue. Ce qui ne nous tue pas nous rend plus fort, c'est bien connu.

Même si ce voyage représentait beaucoup plus qu'un long séjour de convalescence, j'ai pu en profiter pleinement en compagnie de Matteo. Lui qui m'a appris à profiter de la vie, qui a su me faire vivre, qui m'a fait découvrir une nouvelle culture, un nouveau milieu et plus si affinités...

Mais surtout ce qui reprend le dessus c'est le goût amer de la trahison qui reste sur ma langue.

Je ne m'en remettrai jamais complètement. Il va falloir que j'apprenne à avancer avec ce passé. Nous ne pouvons pas revenir sur le mal qui a été fait.

Chapitre 31

"Ne fais pas confiance aux mots.
Fais confiance aux actions."
- Auteur inconnu -

Je suis allongée sur mon lit universitaire, les bras croisés derrière ma tête, les yeux dans le vague plongé dans la contemplation du plafond de la chambre. Un silence assourdissant se fait entendre, tandis que ma colocataire lit sur son matelas, les genoux repliés au niveau de sa poitrine, ses lunettes posées sur son nez.

Mes parents sont repartis en Floride, j'ai été ravie de pouvoir passer un peu de temps avec eux.

Un retour brutal à la réalité me fait prendre conscience que mon téléphone ne cesse de vibrer comme à son habitude depuis que je suis rentrée.

La voix de ma colocataire et amie se fait entendre :

– "Tu comptes répondre un jour ma chérie ? Parce que je t'aime, hein, ce n'est pas le problème. Mais je n'en peux plus de ce vibromasseur incessant."

Sans la regarder, je fixe inlassablement le plafond en lui répondant :

– "Tu vas devoir t'y habituer car je n'ai pas l'impression qu'il lâchera l'affaire."

– "Il va falloir que tu m'expliques ce qu'il s'est réellement passé là-bas. Tout d'abord je récupère un Andrew complètement dévasté à l'aéroport qui ne souhaite plus avoir affaire à toi mais qui ne cesse de me harceler pour avoir de tes nouvelles au lieu de t'appeler une bonne fois pour toute. Et ensuite, toi, complètement dépitée avec un vibromasseur en guise de portable."

Je me relève subitement m'appuyant sur mes coudes fixant mon amie d'un regard meurtrier.

– "Je te demande pardon ? Andrew fait quoi ?"
– "Ne change pas de sujet, veux-tu ? Tu n'as pas répondu à ma question. Que s'est-t-il passé en Italie ?"
– "Je te raconterai quand j'en aurais le courage, Alice. Pour le moment c'est au-dessus de mes forces."
– "Très bien beauté je comprends. Mais en attendant, s'il te plait, répond à ce putain téléphone."

Voyant que je ne réagis toujours pas, mon amie sort de ses gonds, se ruant sur l'appareil pour pouvoir décrocher une bonne fois pour toute afin d'avoir définitivement la paix.

Je me redresse rapidement en pensant avoir le temps de l'arrêter dans son geste mais c'est trop tard.

Elle s'apprête à répondre, mais la voix de Matteo se fait entendre. Son timbre est totalement différent. Il semble très lointain presque éteint. Il est toujours aussi sexy mais on sent qu'il est triste et désemparé par les évènements :

– "Ewa. Ne raccroche pas, s'il te plait. Laisse-moi t'expliquer."

Alice me regarde, hébétée, je lui fais non de la tête. Elle laisse donc Matteo poursuivre sans dire un mot.

– "Ok ! Tu ne veux pas me répondre et je te comprends. Je m'en contenterai, tant que tu restes au bout du fil pour entendre ce que j'ai à te dire. Je te demande une nouvelle fois de me pardonner pour ce que j'ai fait. J'ai été un être odieux pour avoir pu élaborer un plan pareil. Je m'en rends compte maintenant. Mais t'avoir rencontrée a été ce qui pouvait m'arriver de plus beau. Tu m'as changé, Ewa. Je ne suis plus le même depuis que je te connais. Tu me manques terriblement. Pardonne-moi, je t'en prie. Je sais que je ne pourrai pas changer ce qui s'est passé. Mais si je pouvais revenir en arrière, je le ferais sans hésiter. Je te laisserai gagner cette coupe. Réponds-moi s'il te plait, Ewa. Je t'aime, putain. Tu ne peux pas continuer à me faire endurer ça."

Mon amie me regarde les larmes aux yeux autant que moi. Elle me tend le combiné me faisant signe de lui répondre et de ne pas le laisser dans cette situation, vide de toutes réponses.

Devant ma détermination à ne toujours pas lui adresser un mot, elle se résigne puis répond à ma place :

– "Bonjour. Euh..... Désolée nous n'avons pas été présentés. Je suis sa meilleure amie, Alice. Je suis navrée, elle a dû s'absenter et a laissé son téléphone au campus. Je ne pensais pas qu'un tel message lui serait adressé sinon j'aurais laissé le répondeur agir. Quoique... Tu n'aurais peut-être pas laissé de message étant donné que son téléphone ne cesse de vibrer." Dit-elle un petit sourire aux lèvres.

– "Bonjour Alice. Je suis désolé que ce soit toi qui ait dû entendre tout ça. Ce message était destiné à Ewa."
– "Oui, j'ai cru comprendre. Ecoute je ne sais pas ce qui s'est passé entre vous. Ewa n'a pas souhaité me le dire et je ne pense pas que tu m'en diras plus. Mais je lui transmettrai le message."
– "Ok. Merci. Au revoir."

Matteo ne s'attarde pas, déçu et honteux il s'est empressé de raccrocher. Alice regarde une dernière fois le téléphone et me le tend sans un mot. J'observe sa main me présentant l'appareil incrédule.

– "Alice ? Tu ne dis rien ?"
– "Qu'est-ce que tu veux que je te réponde chérie. Il va juste falloir que tu m'expliques la situation maintenant que j'ai menti pour toi. Ce garçon ne te lâchera pas tant qu'il n'aura pas entendu de ta bouche que tu ne veux plus le voir."
– "Je lui ai déjà dit mais j'ai l'impression qu'il ne me lâchera pas pour autant."
– "Je ne sais pas ce que tu lui a fait mais il a l'air d'être envoûté. Il est accro. Il t'aime beaucoup apparemment."
– "Non ! C'est un mot comme un autre pour lui, il dit ça pour me retenir. Il n'a pas pour habitude que les gens lui échappent."

Je soupire tout en me jetant la tête en arrière, rebondissant sur mon matelas. Le regard de mon amie posé sur moi. J'ai besoin d'avoir un avis extérieur à la situation.

Elle est en droit de connaître la vérité, je ne lui ai jamais rien caché alors ce n'est pas maintenant que ça va commencer.

Alice s'installe en tailleur sur le lit, juste en face de moi.

Je commence à lui raconter mon histoire : notre arrivée en Italie, la préparation du concours, le concours en lui-même et tous les évènements qui suivent. Je tais le passage de la visite d'Andrew dans ma chambre que je garde précieusement pour moi, je dois garder une part de jardin secret et ce sera celui-là.

J'enchaîne mon récit en expliquant l'impact qu'a eu le charme de mon hôte sur mon corps et mon esprit. J'ai succombé à sa beauté, son élégance, sa douceur comme une piètre adolescente. Même son côté macho m'a légèrement séduite.

Elle me regarde, son visage étant très expressif tout au long de mon récit. Tantôt souriant, tantôt en colère, des larmes pleins les yeux, les poings serrés. Elle vit mon histoire à travers moi.

Mon récit terminé, elle me prend dans ses bras en me murmurant au creux de l'oreille :

– "Je comprends ce que tu as traversé ma chérie. Ta désillusion. Cet homme s'est montré gentil et affectueux avec toi avant que tu découvres, sa vraie personnalité. Je ne le connais pas à part à travers ce que tu as bien voulu m'en dire. Mais une chose est sûre tu vas devoir lui laisser du temps, beaucoup de temps. Il finira bien par t'oublier."

Sur ces mots, je pars me coucher des images plein la tête et des émotions plein le cœur. Je vais devoir me faire une raison, il faut que je l'oublie.

Mais Matteo restera un homme important dans ma vie.

Malgré ce que nous avons vécu dernièrement, il m'a apporté beaucoup. Grâce à lui, j'ai pu me remettre péniblement de cet accident mais c'est aussi à cause de lui si je l'ai vécu.

Bon allez, maintenant, dodo. Demain est un autre jour.

Chapitre 32

"Les personnes qui tiennent vraiment à nous reviennent toujours après une dispute."
- Auteur inconnu -

Brr ! Brr !

Un bruit constant me sort de mon sommeil, mon téléphone bouge au rythme du vibreur sur ma table de nuit. Encore la tête dans le brouillard, je regarde l'heure, deux heures du matin. Qui peut bien vouloir me déranger à une heure pareille ? Je m'en saisis et décroche sans connaître le nom de celui qui vient perturber mon réveil douloureux. D'une voix pâteuse je réponds :

– "Oui, Allo."
– "Ah Ewa ! J'entends enfin le doux son de ta voix."

Eh merde ! Ça m'apprendra à répondre sans regarder l'écran.

– "Ecoute Matteo. Ecoute moi, une bonne fois pour toute, car je ne me répéterai pas mais ça ne peut plus durer. Tu as perdu toute crédibilité à partir du moment où j'ai compris ce que tu avais fait."
– "Ewa..."
– "Non, laisse-moi terminer. Ne me dit pas que le fait de m'avoir rencontrée t'as retiré toute virilité. Je ne te reconnais pas. Toi l'homme prétentieux, orgueilleux et imbu de lui-même. Tu viens maintenant ramper à mes pieds comme un vulgaire petit chien."

Je ne me reconnais pas, ce n'est pas moi, je ne suis pas comme ça. Les larmes commencent à me submerger.

Je me sens dans l'obligation de le pousser dans ses retranchements, de le vexer et d'être méchante même si ce n'est pas dans mon tempérament. Ça me coûte d'agir de la sorte avec lui mais si je veux avoir définitivement la paix, je me dois de le faire. Il ne doit plus rien attendre de ma part.

Il faut qu'il lâche enfin prise. Qu'il abandonne l'idée de faire partie intégrante de ma vie. Ce qu'on a vécu est définitivement terminé.

Un rire sonore, tel un être démoniaque, retentit dans le combiné me sortant de ma réflexion.

– "Tu me fais bien rire, Ewa. Je ne rampe pas, j'essaye juste de récupérer ce qui m'appartient. Si tu penses pouvoir te débarrasser de moi comme ça, c'est peine perdue. C'est moi qui décides quand c'est terminé et seulement moi. Saches que je ne te laisserais pas partir aussi facilement..."

Je ne lui laisse pas le temps de terminer sa tirade, lui coupant l'herbe sous le pied en raccrochant. Il commence sérieusement à me faire peur mais je ne me laisserais pas faire. Il pensait me récupérer en mettant en avant ses soi-disant sentiments mais comme il voit que ça ne fonctionne pas, il met en place la force. Il est sérieusement dangereux.

Je vais devoir le devancer et trouver rapidement une solution avant que cette situation empire. Sinon je devrai changer de numéro.

En attendant, je me laisse tomber sur mon matelas les larmes coulant de chaque côté de mes yeux. Je repense à Matteo, à Andrew, ... je n'ai décidément pas de chances en amour. Suis-je trop difficile ? Trop dure ? J'ai l'impression d'être insensible, d'avoir un cœur de pierre dans ma poitrine, d'avoir loupé un épisode.

Sur ces douces paroles, mes yeux se ferment me plongeant de nouveau dans un sommeil profond.

* * * *

Après cette nuit agitée où j'ai très peu dormi, je me rends à l'université, les yeux cernés et la mine défaite. Il a bien fallu que je me rende à l'évidence, le monde a continué à tourner, les relations ont continué à se tisser.... Pendant mon absence toute la vie ici a poursuivi son chemin. Je dois de nouveau rentrer dans le moule et reprendre ma vie en Amérique là où elle s'est arrêtée.

Je suis attendue par le proviseur pour faire le point sur le travail que j'ai pu effectuer durant ma convalescence. A quel niveau, je dois reprendre mes études.

J'arrive devant le bâtiment des langues étrangères, je respire un bon coup. Allez c'est parti, on y retourne !

* * * *

Mon rendez-vous avec le proviseur s'est relativement bien passé. Je n'ai pas accumulé énormément de retard, ayant pu travailler à distance.

Je sors de son bureau, en fermant la porte derrière moi. Lorsque je relève la tête, je tombe nez à nez avec Andrew.

– "Bonjour Ewa."

Je ne pensais pas pouvoir un jour réécouter le son de sa voix, sentir son souffle chaud près de moi, percevoir sa présence de nouveau à mes côtés. Il m'a tellement manqué que j'ai envie de me jeter dans ses bras, mais je retiens cet élan qu'il risque de ne pas accepter.

– "Bonjour Andrew."

Je le sens rougir, il a l'air surpris que je m'adresse à lui. Je me permets de le détailler de la tête au pied. Je me surprends à le mater généreusement.

Il porte un jean moulant ainsi qu'une chemise blanche. Les manches légèrement retroussées sur ses bras, je distingue difficilement le début d'un dessin souligné par une phrase. Je suis surprise qu'il se soit fait de nouveau tatoué. Il ne m'en avait jamais parlé. Il se passe une main dans les cheveux ce qui me ramène les pieds sur terre. Je me ressaisis et décide de crever l'abcès une bonne fois pour toute :

– "Depuis tout ce temps sans se parler. Je pense qu'on a des choses à se dire."
– "Ecoute Ewa, tu as décidé de poursuivre ta vie sans moi. Ne t'inquiète pas, j'ai saisi le message. Maintenant laisse-moi me faire une raison et vivre ma vie sans toi."

Je suis surprise par la dureté de ses propos. Je ne m'attendais pas à une telle réponse. Je pensais que nous pourrions en discuter avant qu'il en tire des conclusions hâtives.

– "Comment peux-tu en déduire une chose pareille sans qu'on n'ait pu avoir le temps d'en parler."
– "Pas la peine de prendre le temps d'en discuter tous les deux. Notre altercation devant la maison de ton bel Apollon m'a largement suffit."

Je me recule de quelques pas comme si une gifle était venue s'écraser sur ma joue. La bouche ouverte, surprise par ce retournement de situation. Je ne m'attendais pas à ce type de reproches alors que son malaise se distinguait bien avant notre départ en Italie.

– "Mais je n'y crois pas. T'es jaloux en fait ?"
– "Absolument pas."

Un sourire se dessinant sur mes lèvres, je m'avance vers lui, un doigt pointé sur son torse que je désire tant toucher. Je poursuis :

– "Alors explique-moi pourquoi tu ne veux pas me parler une bonne fois pour toute, alors que tu ne cesses pas d'harceler Alice pour savoir comment je vais."
– "Comment tu sais ça ?"
– "A ton avis."

Mon visage à quelques centimètres du sien, nous sommes subitement séparés par Alice qui nous interrompt dans notre querelle :

– "Vous en n'avez pas marre de toujours vous disputer tous les deux ?"

Je croise les bras l'air boudeur, tandis qu'Andrew tourne les talons, légèrement agacé. Mon amie se tourne vivement vers moi avant d'enchaîner :

– "J'ai l'impression que tu ne m'as pas tout dit sur ton passage en Italie. Je me trompe ?"

Sa question reste sans réponse. Voyant mon embarras, mon amie n'insiste pas. Je pense qu'elle a compris bien avant moi, les émotions qui pointaient le bout de leurs nez entre nous deux.

– "Je sais que tu ne voudras sûrement pas de mon avis. Mais ce n'est pas grave je te le donne quand même et tu en feras ce que tu veux. Mais entre nous, je pense que depuis un moment tu es plus qu'une amie pour Andrew. Il a sûrement l'impression que ce n'est pas réciproque, c'est pour ça qu'il se renferme sur lui-même depuis quelque temps. Si vous arrivez à en discuter sans vous étripez, on aura déjà franchi un grand pas. Réfléchis-y."

Elle dépose un bisou sur ma joue avant de partir à son prochain cours.

Tandis que moi je reste derrière, pensive.

Elle se trompe, ce n'est pas possible, je pense surtout qu'il n'a jamais supporté qu'un autre homme fasse son apparition dans ma vie. Il a toujours été le seul homme, à part Hubert et mon père, à partager chaque moment important de mon existence.

* * * *

La cloche sonne annonçant la dernière heure de cours de la matinée. Je déambule dans les couloirs, errant telle une âme en peine, rejoignant le self pour retrouver mon amie qui m'attend pour déjeuner.

Je remplis mon plateau et part m'installer en face d'Alice sur la table, où nous avons l'habitude d'échanger nos impressions et nos émotions, près de la vitre qui donne sur l'immensité de la plaine du campus. Une bonne partie des étudiants est allongée dans l'herbe profitant, seul ou en groupe, des rayons du soleil qui viennent caresser leurs peaux.

Assise en face de mon amie, je lève la tête, et aperçoit au-delà de son visage les yeux d'Andrew qui ne cesse de me fixer. Comme s'il attendait patiemment que je le contemple pour agir.

Je plonge mon regard dans le sien, il continue à me dévisager sans vergogne tout en passant son bras autour des épaules de sa nouvelle petite amie, déposant un baiser sur sa tempe tandis que cette dernière ricane à l'ultime blague du groupe assis autour de la table.

Quand je disais que des relations s'étaient tissées en mon absence, celle-là en est la preuve vivante. Sa nouvelle bimbo possède une belle crinière blonde et de grands yeux bleus, soulignés d'un trait d'eye liner. Elle n'a pas l'air bien méchante et ne se rend pas compte du petit manège de son nouveau chéri. J'en serais presque à la plaindre. Je ne sais vraiment pas à quoi il s'amuse. Mais à jouer avec le feu comme ça, il risque de perdre. Je serais lui je ne m'y aventurerais pas.

Ce spectacle m'a coupé l'appétit, je repousse violemment mon plateau et me lève brusquement me dirigeant d'un pas décidé vers la sortie.

A travers la baie vitrée, je jette un dernier regard vers mon amie, je l'aperçois complètement déconcertée. Elle se retourne pour voir ce qui a pu me mettre dans une telle rage et croise le regard d'Andrew. Elle foudroie ce dernier sur place de ses yeux noirs dont elle seule en a le secret. Elle aurait eu des mitraillettes à la place des yeux, je ne suis pas sûre qu'il aurait été encore de ce monde.
Je reprends ma route, direction le prochain bus. Il est totalement hors de question que je retourne en cours cet après-midi, je ne souhaite pas le croiser de nouveau. Il a apparemment décidé de me déclarer la guerre. Il va l'avoir.

Je monte dans le bus pour me diriger vers le seul endroit qui peut encore réussir à me calmer après un tel retournement de situation.

Chapitre 33

"Trop souvent déçue par les hommes, je me réfugie auprès des chevaux."
- Jean-François PIGNON -

Après plusieurs mois de convalescence sans avoir pu me retrouver en compagnie de mon cheval, je remets enfin les pieds au centre équestre qui m'a si souvent manqué.

Le bus m'arrête juste devant le grand portail, je respire un grand bol d'air frais, fermant les yeux et humant cette odeur de cheval que les cavaliers aiment tant.

Je pénètre finalement sur les lieux pour retrouver cet être qui comble davantage mon cœur, celui qui m'apportera énormément de réconfort au milieu de ses tourments.

Je m'approche de son box, les larmes ruisselant sur mes joues, tellement heureuse de le retrouver. Je m'empresse d'ouvrir la porte pour me jeter à son encolure, la main dans sa crinière. Je caresse du bout des doigts ce petit duvet entre ses deux narines.

– "Qu'est-ce que tu m'as manqué Eden. Je suis si heureuse de te retrouver."

Je retire ma veste avant de poser mes affaires dans un coin du box. Je suis allée récupérer les brosses dans mon casier pour m'atteler à ma tâche.

Je commence à frotter ardemment ce magnifique pelage alezan.
Une voix retentit d'un coup dans mon dos me faisant sursauter :

- "Je savais que je pourrais te trouver ici. Je t'ai cherché partout."

Sa phrase reste sans réponse, pas la peine de me retourner pour savoir qui se trouve à mes côtés. Je continue de frotter le dos d'Eden, ignorant totalement sa présence.

Mon corps bifurque soudainement happé par les bras d'Andrew, il me plaque à la porte du box, son visage à quelques centimètres du mien.

- "Pourquoi n'es-tu pas allée en cours cet après-midi ?"
- "Tu n'as pas une petite amie à aller voir ? Laisse-moi tranquille Andrew."

Je le repousse du plat de la main. Sa force étant incomparable à la mienne, il ne bouge pas d'un pouce, son souffle continuant de frôler mon visage. Je redouble d'efforts, mes deux mains posées sur son torse pour l'envoyer valser davantage. Son corps se sépare finalement du mien avec peine, je m'efforce de garder toute contenance et pars chercher les affaires d'Eden dans la sellerie pour continuer à le préparer me permettant ainsi de mettre un maximum de distance entre nous.

Andrew élève la voix derrière moi :

– "Tu vas où, Ewa ? Tu l'as dit toi-même on doit discuter. On ne peut pas rester comme ça. Nos questions restent toujours sans réponse."

Je continue ma route sans me retourner, mes lèvres toujours scellées.

Lorsque je reviens, les bras chargés de la selle, du filet et du tapis, Andrew ne se trouve plus dans les parages. Je soupire, soulagée d'éviter la confrontation pour cette fois ci, mais jusqu'à quand.

Je continue de préparer mon cheval et enfile mes bottines d'équitation accompagnées des guêtres que je prends soin de fermer convenablement autour de mes mollets. Ce n'est pas le moment d'abîmer une autre partie de mon corps.

Je me saisis des rênes, d'un pas décidé, et me dirige vers le lieu de mon défouloir.

Passées les barrières, mon cheval laissant ses empreintes sur le sable, nous nous dirigeons vers le centre de la carrière.

– "Qu'est-ce que tu fais Ewa ? Je ne m'attendais pas à te voir ici, aujourd'hui."

Hubert apparaît dans mon dos, surpris. Il m'observe en silence, passer les rênes sur l'encolure de mon cheval puis resserrer convenablement la selle ainsi que les étriers.

J'ai l'impression d'être dans un rêve, je connais que trop bien l'avis des médecins. Mais je suis décidée à ne pas me laisser abattre. Ce n'est qu'un avis, moi seule peut changer les choses.

Voyant ce que je m'apprête à faire, il s'approche de moi, je sens sa main saisir le bas de ma jambe afin que je puisse prendre appui pour m'aider à me mettre en selle.

– "Je ne t'empêcherai jamais de monter Ewa, si tel est ton choix. Mais fais quand même attention à toi."

Sous la surveillance d'Hubert, je serre mes mollets et fais démarrer Eden doucement au pas.
Mon coach continue de me diriger, tout en douceur. Ma cheville reste très douloureuse mais je suis dans l'euphorie du moment. Je suis si heureuse de pouvoir faire de nouveau une seule et même personne avec Eden, ce qui annihile complètement la douleur.

Je me sens puissante face à toutes ces épreuves que je viens d'endurer. Je me sens plus vivante que jamais. Ce cheval représente pour moi un symbole de triomphe et de courage, j'ai surmonté mes peurs ainsi que mes craintes pour arriver là où j'en suis aujourd'hui.

Je vais continuer à monter régulièrement afin de me remettre tranquillement en selle sans brusquer mon corps qui se remet doucement au travail. Je ne prendrais pas le risque de sauter pour le moment, le plat me conviendra.

Lorsque j'entame mon dernier virage, mon regard se porte au loin. Je distingue une silhouette, que je reconnaîtrais entre mille, appuyée contre un arbre en train de m'observer. Il est resté à me contempler jusqu'à la fin de la séance.

Lorsque j'ai finalement mis pied à terre, je me suis retournée une dernière fois en direction de cette ombre qui me regardait à l'abri des regards indiscrets. Il n'était plus là.

Chapitre 34

"Dans la vie, fais confiance à ceux
qui peuvent voir ces trois choses :
Ta peine derrière ton sourire,
Ton amour malgré ta colère
Et la raison de ton silence."
- Auteur inconnu -

Voilà déjà quelques heures que je suis aux côtés d'Eden. Après ma séance d'équitation et la partie pansage, je ne pouvais pas me résigner à le quitter. En ce moment, c'est le seul être qui me comprend. Il me fait beaucoup de bien. Mon moral s'en sort plus fort quand je suis en sa compagnie. Il touche mon âme. Il me canalise. Nous communiquons et nous nous comprenons dans un dialogue silencieux. Il m'aide à analyser la situation que je vis, à chaque séance avec lui je m'en sors grandie. Il me comprend et perçoit mes émotions.

Une larme roule le long de ma joue tandis qu'Eden rapproche son museau de mon cou, son souffle chaud effleurant ma peau, je me blottis contre lui dans un câlin réconfortant. Ce cheval est mon calmant, il est bénéfique pour ma santé mentale. Il m'aide à tenir bon. Nous partageons une communication sensorielle, qui m'a permis de développer une certaine complicité avec lui et un gain de confiance. Il m'aide à y voir plus clair. Je me dois de réagir, je ne peux pas laisser les choses s'envenimer.

D'un pas décidé, je récupère toutes mes affaires et me dirige vers le bureau d'Hubert. Lorsque je me retrouve devant sa porte, je suis de suite moins sûre de moi. Après quelques instants de réflexion, je décide que je dois arrêter la machine avant qu'il ne soit trop tard. Je prends une grande respiration avant de me lancer.

Je frappe trois coups timides et distingue la voix d'Hubert qui se fait entendre de l'autre côté de la paroi me demandant d'entrer.

J'entrouvre la porte, passant la tête dans l'embrasure :

– "Hubert, je peux te parler ?"

Tout en me répondant, il me fait signe de la main de venir :

– "Oui bien sûr ma puce. Entre. Installe-toi je t'en prie."

Je prends place sur le fauteuil en face de lui laissant un silence pesant planer dans la pièce. Il relève les yeux de son ordinateur avant de retirer ses lunettes, les posant sur sa tête.

– "Que voulais-tu me dire ? A voir ta mine déprimée ça a l'air important."

Je l'observe tandis que des rides se creusent sur son front, signe d'inquiétude. Il a l'air soucieux de mon état, il s'est toujours angoissé pour moi, comme un père.

Je remets mes idées en place prenant soin de choisir mes mots afin de lui expliquer la véritable raison ainsi que les circonstances de mon départ d'Italie.

Tout y passe dans les moindres détails, je lui explique les évènements qui m'ont amenée à cet accident qui a chamboulé ma vie, les découvertes que j'ai faites concernant Matteo puis je n'omets pas d'évoquer son harcèlement téléphonique et ses messages de plus en plus intrusifs.

A l'annonce du plan machiavélique monté par ce cavalier italien, Hubert se lève subitement, ses deux poings venant s'abattre dans un fracas sur le bureau, éparpillant feuilles, stylos et dossiers au sol, me faisant sursauter.

- "Mais quel enfoiré. Et encore le mot est faible. Il va avoir affaire à moi ce connard. Il ne sait pas de quel bois je me chauffe. Il n'a pas fini d'entendre parler du pays."
- "Qu'est-ce que tu comptes faire ?"
- "T'occupes pas de ça ma puce. Tu as d'autres problèmes à régler, laisse-moi m'occuper de celui-là."

Il porte ses mains à son visage et ne cesse de baragouiner des injures à son intention.
Je ne m'interpose pas dans ce moment orageux pour lui permettre de reprendre ses esprits calmement, il se laisse tomber sur son fauteuil tandis qu'il m'observe d'un air chagriné, complètement désemparé :

- "Je suis sincèrement désolé ma puce. C'est ma faute si tu as rencontré ce genre d'enflures."

Je le regarde, les yeux écarquillés. Je ne comprends pas en quoi le comportement de ce personnage pourrait être de sa faute.

- "Oh non Hubert. Ne te flagelle pas, tu n'y es pour rien."

– "Oh que si ! C'est de ma faute et totalement de ma faute. Je n'aurais jamais dû te laisser partir vivre chez lui. Sans moi ça ne serait jamais arrivé."
– "Grâce à toi tu veux dire. En m'encourageant à accepter sa proposition, pour aller habiter chez lui, j'ai su la vérité sur mon présumé accident."

Je m'approche de lui, posant une main sur la sienne dans un geste qui se veut apaisant. Puis j'entoure ses épaules de mes bras avant d'enchaîner :

– "Sache Hubert que ce n'est absolument pas de ta faute. Quand j'ai pris la décision d'aller vivre chez lui, l'accident s'était déjà produit. Dans tous les cas de figures, ça ne retire pas ce qu'il avait fait précédemment. Je ne lui enlève pas les bons moments que j'ai pu passer en sa compagnie ou le fait qu'il m'est retirée de cet enfer et a rendu mon séjour plus agréable qu'il aurait pu l'être. Mais ça n'excuse pas son comportement et encore moins ce harcèlement constant."

Il me sourit tandis que je lui dépose un bisou sur la joue avant de sortir de son bureau en fermant la porte derrière moi et en laissant Matteo entre les mains expertes d'Hubert.

Je ne sais pas ce qu'il compte faire mais Matteo s'est mis dans une sacré posture en se mettant en travers de notre chemin. Je crois qu'il n'a jamais eu l'occasion de rencontrer un Hubert furieux. Bah ça promet !

Il a intérêt à courir vite et à être loin, très loin quand le sort s'acharnera contre lui.

Chapitre 35

"C'est toujours plus facile de se fâcher contre quelqu'un que de lui dire pourquoi tu es blessée...."
- Auteur inconnu -

De retour dans ma chambre, après ma reprise en douceur, je jette un coup d'œil à mon téléphone. Divers messages et appels de Matteo apparaissent à l'écran, je prendrai le temps de les faire lire à Hubert plus tard, pour le moment je n'ai pas envie de me prendre la tête avec ça, je ne veux plus rien avoir à faire avec lui. Par contre, j'espère que mon coach va prendre le taureau par les cornes et lui expliquer une bonne fois pour toute la situation car il n'a pas l'air de l'avoir saisie.

Mon téléphone à peine posé sur ma table de nuit, se met de nouveau à vibrer. Cette fois ci ça suffit ! Je m'en empare, déterminée à l'éteindre définitivement, mais ce n'est qu'un message d'Alice qui s'affiche sur l'écran, je peux enfin reprendre ma respiration. Elle me dit qu'elle ne rentrera pas de la nuit, elle préfère rester en compagnie de son bien aimé. Qu'est-ce que je la comprends !

Je vais pouvoir faire le point sur ma vie, seule.

J'ai vraiment l'impression de ressembler à Caliméro ces derniers temps, il va falloir que je me ressaisisse, ça ne peut plus durer comme ça.

En attendant, je vais aller prendre une douche chaude, ça me fera un bien fou. Je suis poisseuse à cause de mon entraînement intensif, mes cheveux collent à mon front. Une odeur de cheval et de transpiration se dégage de mes vêtements. Quelle horreur ! Il est vraiment temps que j'aille me laver.

Je saisis mes affaires et pars en direction de la douche. Je suis peut-être partie depuis quelque temps mais je me souviens quand même de cette fameuse cabine déréglée, je ne me ferai pas avoir cette fois-ci.
Arrivée dans la salle de bain commune, je me rends compte que je suis seule. Très bien, je vais pouvoir profiter pleinement de l'eau sur ma peau, sans être dérangée.

Je mets en marche ma radio portable qui se met à diffuser **"Who's Loving You" des Jackson 5.** Une musique entraînante et envoûtante pour pouvoir enfin me détendre.

* * * *

Une fois ma douche terminée, je pénètre de nouveau dans ma chambre, ma serviette autour de la poitrine.

Je m'habille en tenue maison, pas la peine de préciser qu'en jogging et t-shirt, je ne ressemble à rien de bien sexy.

Je m'apprête à sécher mes cheveux lorsque trois coups frappés à la porte se font entendre m'arrêtant dans mon élan.

Les cheveux imbibés d'eau qui dégoulinent dans mon dos, j'ouvre pour y découvrir Andrew sur le seuil, il entre précipitamment et me plaque contre le mur fermant la porte d'un coup de pied.

– "Maintenant, tu ne peux définitivement plus m'échapper. Toi et moi on va discuter."

Son corps appuyé de tout son poids sur moi me coupe la respiration, j'halète.

– "Effectivement, je risque de rester ici définitivement, si dans quelques secondes tu continues à comprimer mes poumons comme ça."

Il s'écarte brusquement de moi, se confondant en excuses. Je reprends difficilement ma respiration.

– "De quoi veux-tu qu'on discute Andrew ? A ce que je sache c'est toi qui a changé de comportement du jour au lendemain sans m'en expliquer les raisons."
– "Oui mais c'est toi qui t'es jetée dans les bras du premier Apollon venu."
– "Tu es venu pour me faire des reproches ou pour m'expliquer ton revirement de comportement ?"

Je le sens tout à coup se raidir, très mal à l'aise. Il se passe les mains dans les cheveux puis fait les cent pas dans la pièce.

Je l'arrête dans son élan en posant mes mains sur ses épaules, mon regard plongé dans ses yeux azur.

– "Eh ! Stop Andrew. Du calme. Qu'est-ce qui t'arrive pour te mettre dans un état pareil ?"

Sans que je puisse comprendre ce qui m'arrive, ses lèvres ont plongé sur les miennes approchant mon visage davantage du sien, une main plaquée sur ma nuque. Les yeux ouverts, surprise par cet élan de désir, je reste figée, sans même oser bouger.

Quand sa bouche s'éloigne doucement de la mienne, je perçois davantage ses lèvres remuer que je n'entends sa voix.

– "Je suis désolé Ewa. C'est compliqué en ce moment. Mais sache que tu comptes et compteras toujours énormément pour moi. Je voulais me rendre à l'évidence que je ne rêvais pas, que malgré tout ce que je te fais subir depuis quelques temps, tu restes toujours près de moi. Je......"

Il commence à perdre tous ses moyens. Son assurance descend d'un coup comme s'il venait de se rendre compte de ce qu'il s'apprêtait à dire.

– "Euh... Laisse tomber. Je crois que je vais y aller, maintenant."

Il sort de la chambre, fermant la porte derrière lui, sans même me laisser le temps de répliquer.

Ça commence à devenir sérieusement une habitude chez lui. C'est trop facile d'agir comme ça et de balancer ce type de propos, sans laisser le temps à son interlocuteur d'intervenir.

Lorsque je reviens finalement sur terre et que mes membres ne sont plus engourdis, je sors de la chambre pour l'arrêter mais il a déjà disparu.

Chapitre 36

"La pire des fautes et le plus grand péché, c'est de se décourager."
- Naham DE BRATSLAV -

Je me regarde dans la glace en train d'attacher mes cheveux en un chignon spirale. Je jette un dernier coup d'œil à ma tenue en observant du coin de l'œil Alice qui finit de se préparer à mes côtés. Nous attendons Stephen, qui vient chercher sa bien-aimée, et moi par la même occasion, tel Roméo et Juliette. Ils forment un couple trop mignon tous les deux. Ils sont adorables. Ils ont souhaité m'accompagner à la remise des diplômes de la promotion d'Andrew.

Les dernières semaines de cours se sont déroulées à une vitesse folle. Je suis restée sans nouvelles d'Andrew, depuis notre dernier baiser, il n'a pas cherché une seule fois à me recontacter. Je n'ai toujours pas compris ce qui a pu se passer, mais ma patience me récompensera. En attendant, il est hors de question que je le laisse tomber, on s'est toujours juré d'être présent pour l'autre peu importe les circonstances. Je me dois d'être présente pour lui aujourd'hui, de toute façon je ne louperais sa remise des diplômes pour rien au monde, juste pour avoir l'occasion de le voir dans sa toge universitaire. Je me souris dans la glace en l'imaginant dans un tel accoutrement.

La douce voix de mon amie me sort de ma rêverie :

– "A quoi penses-tu, pour sourire bêtement comme ça ?"
– "A rien ! On y va ?"

Je saisis mon sac sur le coin de mon bureau tandis que mon amie me regarde suspicieuse, un sourcil levé avec un sourire en coin :

- "Oui, on y va. Stephen nous attend déjà dans la voiture."

Nous fermons la porte à clé et descendons précipitamment les escaliers pour atteindre le rez-de-chaussée comme deux adolescentes, courant dans les couloirs, riant et chahutant à en perdre haleine.

Je suis pressée d'assister à cette célébration, c'est la première fois que je vais vivre une expérience comme celle-ci. Cette remise de diplômes est beaucoup plus festive aux États-Unis qu'en France, ne serait-ce que par la cérémonie qui la symbolise.

Un gymnase ou un terrain de football américain recouvert de chaises, une estrade... des dizaines voir des centaines d'élèves en robes soyeuses et coiffés de chapeaux à pompon... des discours... Enfin vous voyez de quoi je veux parler.

Et pour clôturer le tout, après la cérémonie nous sommes invités, à fêter les jeunes diplômés, à une soirée qui ne se déroule pas très loin, qui s'annonce inoubliable et surtout bien arrosée.

Mais pour le moment revenons à l'instant présent, j'ai vraiment l'impression d'être projetée d'un seul coup dans les séries que j'avais pour habitude de regarder lorsque j'habitais encore en France. Maintenant, place à la réalité. A mon tour de jouer le rôle d'une étudiante américaine.

Nous arrivons enfin à l'université, Stephen se gare devant le gymnase, là où va se dérouler la cérémonie. Nous y pénétrons, la salle est déjà peuplée de monde : les étudiants, les familles, les anciens élèves, ... Nous essayons de trouver une place dans tout ce brouhaha. Nous nous installons dans les gradins, en plein milieu d'une rangée au centre de la plate-forme.

L'orchestre de l'université se met à jouer la musique **"Pomp and Circumstance" d'Edward Elgar** tandis que nous apercevons les étudiants, qui rentrent, dans leurs tenues aux couleurs de l'école, se déplaçant au rythme de la mélodie. Une rose rouge a été épinglée sur chaque toge, c'est un petit détail supplémentaire qui symbolise les couleurs de leur promotion. Je distingue Andrew, vêtu de sa belle robe longue de location, parmi cette horde d'étudiant, qui se tient droit comme un piquet, fier du chemin qu'il a parcouru jusqu'ici.

Une fois tous les élèves à leur place, le proviseur du lycée accompagné du reste du corps enseignant, fait un discours concluant ces dernières années à l'université pour cette promotion. Il leur souhaite d'accomplir de belles choses dans les années à venir.

Commence ensuite la distribution des diplômes. Les élèves se lèvent, rangée par rangée, et attendent au pied de l'estrade que leur nom soit appelé.

Arrive enfin le tour d'Andrew, lorsque son nom est prononcé, je le vois monter les marches, un sourire comme dans une pub pour dentifrice sur le visage, pour rejoindre le proviseur qui lui remet son diplôme et le félicite. Andrew saisit sa récompense de la main gauche, et serre la main du doyen de l'autre main.

La cérémonie s'achève sur un dernier mot du directeur pour souhaiter bonne continuation à la promotion sortante. "*Seniors, please rise* [3]*!* " : puis les élèvent se lèvent pour le *tassel turning*[4] * : ils font passer leur pompon de la droite de leur chapeau vers la gauche, symbole qu'ils sont maintenant officiellement diplômés !

Tous les chapeaux volent à l'unisson dans les airs.

Après la cérémonie, nous descendons les gradins pour rejoindre Andrew et les autres étudiants. Comme après chaque commémoration, quelques minutes sont réservées aux photos du lauréat avec ses parents, frères et sœurs, amis et camarades, etc... Nous en profitons pour poser avec lui et faire les fous comme à notre habitude.

Andrew s'approche de moi pour chuchoter à mon oreille :

- "Je ne m'attendais pas à te voir aujourd'hui."
- "Je t'ai toujours dit que je serais présente pour toi peu importe les circonstances. Comment peux-tu en douter ?"

Il n'a même pas le temps de me répondre que sa petite amie lui saute au cou le félicitant pour son diplôme.

Je recule et détourne le regard pour éviter d'être spectatrice de ce type d'effusion. Elle ne s'est même pas rendue compte de ma présence.

---

[3] Seniors, please rise : Chers étudiants, levez-vous !

[4] Tassel turning : Rotation du pompon de leur chapeau de la droite vers la gauche. Symbole que l'étudiant est diplômé.

Je retourne près du groupe au moment où j'entends Alice demander aux étudiants s'ils viennent tous à la soirée prévue en leur honneur.

Andrew revient parmi nous avec sa bimbo qui ne le lâche pas d'un centimètre, on ne sait jamais au cas où il risquerait de s'envoler.

Vraiment pitoyable !

Il confirme sa présence à la soirée ainsi que sa petite amie dont je ne connais toujours pas le prénom d'ailleurs. En fait je ne souhaite pas le connaître, elle m'est totalement indifférente. Pfffff ! Mais à qui je veux faire croire ça, franchement.

Une main m'attrape par le bras me projetant en arrière me faisant sortir de ma rêverie. J'entends mon amie crier à la cantonade :

– "Nous nous retrouverons là-bas alors."

Elle m'entraîne, accompagnée de Stephen, vers sa voiture pour nous ramener au campus afin que nous puissions nous préparer pour la soirée à venir.

Chapitre 37

"On nous apprend à compter les secondes, les minutes, les heures, les jours, les années ... mais personne ne nous explique la valeur d'un instant."
- Donato CARRISI -

La voiture tourne à l'angle de la rue où se déroule la soirée. La musique se fait entendre à des kilomètres à la ronde.

Stephen se gare sur un bout de trottoir à quelques pas de la demeure.

La maison est pleine à craquer, il y a du monde partout. Lorsque nous arrivons sur la pelouse, nous devons slalomer entre les gens qui fument, qui boivent ou qui discutent, assis dans l'herbe, sur les marches ou le perron.

Nous arrivons enfin à mettre un pied dans la villa, personne pour nous accueillir, la porte est grande ouverte. Nous déambulons tous les trois à travers les pièces de la maison. Arrivés à hauteur de la cuisine, un étudiant, que nous ne connaissons pas, nous tend un gobelet plein à chacun de nous.

Je ne sais pas quel alcool est présent dans mon verre, je respire l'odeur afin d'en déterminer la provenance. Je me retourne pour demander à mon amie si elle sait ce qu'il y a dedans, mais plus personne ne se trouve derrière moi, j'ai dû les semer. Je regarde tout autour de moi en les appelant à tour de bras mais aucune réponse ne me parvient avec cette musique incessante.

On s'était promis de ne pas se séparer lors de cette soirée, je pars donc à leur recherche. On ne sait jamais ce qui peut nous arriver.

Errant toujours dans ce dédale de salles, je tombe sur la piste de danse. Je distingue le rapprochement très subjectif de deux étudiants ce qui me fait sourire. Ils dansent une bachata, danse langoureuse et sensuelle, au rythme de la musique **"Despacito" de Luis Fonsi ft. Daddy Yankee**. Le danseur ondule son corps comme un vrai professionnel, je distingue ses muscles à travers ses vêtements se mouvoir, il est vraiment sexy. La fille en face de lui est vraiment chanceuse.

Je m'apprête à tourner les talons avant que mes yeux ne se posent sur l'encre délicatement dessiné sur le bras de cet homme. Je m'attarde davantage sur cette phrase tatouée sur sa peau. Je l'observe avec beaucoup d'insistance, ce tatouage me dit quelque chose, mes neurones carburent à plein régime. Avant de percuter pour finalement me rendre compte que ce fameux danseur n'est autre qu'Andrew, ses mains autour des hanches de sa camarade et sa bouche explorant ses amygdales. J'aurais dû me douter que c'était lui, je me souviens qu'il m'avait dit que la danse faisait partie de sa vie depuis plusieurs années maintenant, même si je ne l'ai jamais vu à l'œuvre, ce que je regrette amèrement. Par contre, je ne reconnais pas là son petit toutou épiant ses moindres faits et gestes. Où a donc pu passer sa petite amie ?

Je détourne rapidement la tête, quel spectacle à vomir !

Je ressens comme un pincement au cœur. A quoi je m'attendais, franchement. Je sors de la pièce précipitamment sans me retourner.

Je cherche désespérément la sortie manquant sensiblement d'air. Lorsque je me retrouve enfin sur le perron, l'air frais me fouette le visage, je respire à pleins poumons afin de reprendre mon souffle. Il fait nuit noire mais les marches sont éclairées par une petite lanterne située au-dessus de la porte, j'aperçois tous les regards posés sur moi.

Je repense à notre dernier baiser, comment a-t-il pu me faire ça ? Il ne sait vraiment pas ce qu'il veut ce garçon. Je ne sais pas ce qui lui prend.

Une voix surgit derrière moi me faisant tressaillir :

- "Bah alors ! Que t'arrive-t-il ? Tu n'as pas peur toute seule là, parmi tous ces fauves ?"

Je me retourne vérifiant si c'est bien à moi qu'on s'adresse. Je découvre un jeune homme adossé à la façade de la maison, un genou relevé en train de s'allumer une clope. Une mèche brune jais lui tombe négligemment devant les yeux, il porte un T-shirt avec un blouson en cuir et un jean. Il ressemble légèrement à un motard mais je ne vois pas de casque à proximité. Il possède un accent très guttural, un peu du style allemand. On dirait un étudiant en échange universitaire, il n'a pas l'air d'être du coin. Il est entouré de plusieurs potes, je ne distingue aucune fille près d'eux.

Je reste immobile sur le perron à l'observer.

- "Tu as perdu ta langue ?"

Toutes les paires d'yeux sont posées sur moi attendant une réponse de ma part.

N'étant toujours pas décidée, le fameux gars, le seul et l'unique qui s'adresse à moi depuis le début, s'approche et s'arrête à quelques pas de mon visage. Sa fumée m'insupporte, une quinte de toux ne tarde pas à se faire ressentir.

– "Je te propose un truc ma belle. Vu que tu n'as pas l'air d'être très causante. Je souhaiterais faire un peu plus ample connaissance. On va jouer à un bière-pong. Tu perds, tu bois et tu réponds à une question. Même chose pour moi et mes potes. On est plusieurs donc on jouera à tour de rôle contre toi. Ça te va ?"

Je me rends compte que j'ai échappé à la vigilance d'Alice et de Stephen depuis un petit moment maintenant. De plus, Andrew est trop occupé pour se soucier de mon cas. Et puis après tout, moi aussi j'ai le droit de m'amuser. Je sens que ce petit jeu va me plaire. Je ne sais pas du tout de quoi il en retourne.

Sans émettre un son, j'opine de la tête. Je ne sais vraiment pas dans quoi je me lance. Mais soyons fou.

Il me guide vers l'arrière de la maison, une main au creux de mes reins, direction le terrain de jeu.

Arrivée devant la table de ping-pong, je ne distingue personne dans le jardin à part nous, sa voix me fait sortir de ma rêverie. Il m'explique légèrement les règles, j'ai du mal à les comprendre. Mais si j'ai bien saisi l'histoire, il suffit de jeter des balles de ping-pong dans ces gobelets rouges, qui se tiennent devant moi, remplis de bière. Si la balle ne tombe pas dans le verre, le perdant doit boire cul sec.

* * * *

Après quelques minutes, je commence à vaciller. Je ne suis décidément pas douée à ce jeu.

Les mecs visent beaucoup mieux que moi. Je n'ai plus les idées très claires.

Ils savent déjà pas mal de choses à mon sujet alors que moi j'ai à peine pu leur poser quelques questions.

Je suis obligée de me tenir à la table pour essayer de reprendre mes esprits. Je retire mes chaussures trop hautes qui m'empêchent de rester stable.

Les gars viennent de se rendre compte que je commence à être totalement éméchée, le jeune motard qui m'a guidée vers ce traquenard nous a faussé compagnie. Je regarde autour de moi, je ne le vois nulle part.

Ses potes se rapprochent dangereusement de moi afin de me coller sérieusement, je sens leurs mains qui commencent à me peloter, à remonter le long de mon corps. J'ai beau essayer de les repousser, ils sont trop nombreux et bien plus forts que moi.

J'ai vraiment été sotte sur ce coup-là, j'ai agi comme une idiote. Comme si je n'aurais pas pu deviner ce qui leur passait derrière la tête.

J'entends la voix d'Alice au loin qui m'appelle, elle doit sûrement me chercher partout. J'essaye de me débattre, de crier faisant comprendre à mon amie où je me situe. Mais les gars ne m'en laissent pas le temps et me plaquent une main sur la bouche.

Alice a dû s'apercevoir de cet attroupement, voyant que quelque chose n'allait pas, je l'entends s'approcher de nous et interrompre leurs envies macabres, suivie de très près par Stephen. Elle les pousse violemment tout en se frayant un chemin pour m'atteindre. Aucun des mecs ne bronche voyant l'homme baraqué d'un mètre quatre-vingt-dix qui l'accompagne. Personne n'a le profil pour se confronter à lui.
Je sens ses petits bras frêles me supporter. Tandis que je commence à tomber dans les vapes, elle passe mon bras autour de ses épaules.

– "Bande d'enfoirés. Cassez-vous de là avant qu'on appelle les flics."

J'entends des pas précipités arriver vers nous et la voix d'Andrew qui résonne à mes oreilles :

– "Qu'est ce qui se passe ? Ewa, ça va ?"

Je n'essaye même pas de répondre. Je sens la bile remonter le long de ma gorge, je crois que je ne vais pas tarder à vomir.

Alice s'empresse de lui répondre :

– "Oh toi ça va ? Je pense que tu en as déjà assez fait pour aujourd'hui. Fous-lui la paix."

Andrew est surpris par la brutalité de mon amie, nous qui avons l'habitude de la voir si calme, si sereine, si douce. C'est la première fois qu'elle sort de ses gonds comme ça. Mais il ne se laisse pas démonter par son tempérament de feu puis reprend :

– "Laisse-moi la ramener. Je me dois de m'occuper d'elle."
– "Tu ne dois rien du tout. C'est mon amie, on s'en occupe. Toi, retournes auprès de tes poufiasses. Tu crois qu'on n'a pas remarqué ton petit manège depuis quelques temps ? Il va falloir choisir. En attendant, pousse-toi de mon chemin."

Il s'approche de nous, les bras en avant, s'apprêtant à me soutenir.

– "Tu ne pourras jamais la porter, laisse-moi faire."

Alice le repousse violemment, excédée.

– "Hors de question. Tu ne la toucheras plus."

Elle se tourne vivement vers Stephen.

– "Veux-tu bien porter Ewa s'il te plait, on la ramène au campus."

Chapitre 38

"Ne vis pas pour que ta présence se remarque mais pour que ton absence se ressente."
- Bob MARLEY -

Je me réveille allongée sur mon lit, accompagnée d'un abominable mal de crâne, la tête dans le brouillard avec une horrible envie de vomir la totalité de mes intestins. Je m'apprête à me lever et ouvre la couverture en grand, je me découvre en pyjama mais je ne me souviens pas avoir eu le courage de me changer. J'ose espérer que c'est Alice qui m'a déshabillée. Vive les lendemains de cuite où on ne se souvient plus de grands choses. La honte !

Je balaye mon regard à travers la chambre, je suis seule. Ma meilleure amie doit être auprès de son prince charmant. Elle a raison d'en profiter. Je souris en mon for intérieur, je suis heureuse pour elle, elle le mérite.

Oh merde ! Je sens que l'alcool d'hier me rappelle à l'ordre. Un goût épouvantable apparaît dans ma bouche tandis que je plaque une main sur mes lèvres avant de courir précipitamment aux toilettes vidant tripes et boyaux dans la cuvette.

Je me saisis d'une serviette pour m'essuyer la bouche puis m'assoie par terre sur le carrelage froid afin de reprendre mes esprits.

Après quelques minutes les yeux fermés, la tête reposant sur le mur derrière moi, je décide de me lever doucement pour prendre quelque chose qui pourra faire passer cette terrible gueule de bois.

De retour dans la chambre, je découvre sur ma table de nuit un verre rempli d'une mixture pas très ragoûtante. Un mot l'accompagne où je peux y lire "Drink Me[5]", j'ai l'impression que mon amie est passée par là. Sûrement encore un de ses remèdes de grand-mère dont elle seule a le secret. Je ne suis vraiment pas tentée par ce liquide étrange mais ça part tellement d'un bon sentiment que je me bouche le nez et avale le tout d'une traite.

Je grimace en sentant la boisson se répandre dans mon œsophage puis me rallonge sur le lit, fermant de nouveau les paupières, prête à finir ma nuit espérant au plus profond de mon âme que ce mal-être cesse. Me promettant de ne plus jamais renouveler l'expérience.

* * * *

Les jours défilent et se ressemblent. Je n'ai pas montré le bout de mon nez à mon entourage depuis un certain temps, ils doivent se demander s'il y a toujours signe de vie de mon côté. Seule Alice connaît mon état d'esprit actuellement par la force des choses.

Je me tourne de son côté et je me rends compte qu'elle n'est pas là. Plongée dans mes sombres pensées, je ne l'ai pas beaucoup vue ces derniers jours. Je suis une mauvaise amie comparée à elle, je ne lui ai pas consacré beaucoup de temps. Il va falloir que je me rattrape.

---

[5] Drink-me : Bois-moi

Mon téléphone sonne, le nom d'Alice s'affiche sur l'écran. Je décroche :

- "Coucou Ewa, je suis à la recherche d'Andrew depuis hier mais personne ne l'a vu. Il est venu te voir aujourd'hui ?"

J'essaye de me rappeler ces derniers jours mais à part Alice et Stephen je n'ai vu personne. Encore moins reçu des appels.

- "Euh non ! Je ne l'ai pas vu. Tu as essayé de contacter Hubert, d'aller voir au centre équestre, ou alors mieux, d'appeler sa petite amie, elle doit avoir de ses nouvelles ?"
- "Bah non justement c'est bien là le problème c'est qu'il n'est nulle part. Personne n'a de nouvelles de lui. On a beau chercher partout, on a trouvé aucun signe de vie de sa part. Ah si ! Quand je suis allée voir Hubert. Il m'a appris qu'Andrew lui avait laissé un petit mot mais depuis plus rien."

Je passe une main dans mes cheveux, signe de nervosité chez moi. Je réfléchis à l'endroit où nous pourrions le trouver.

- "Bon je me prépare, j'arrive. On se rejoint au centre équestre."
- "Ok ! À tout de suite ma chérie."

Je raccroche et pars me préparer.

* * * *

J'arrive au centre équestre découvrant au loin Alice, Hubert et Stephen en pleine conversation.

Je m'élance à leurs côtés, contente de les retrouver après mon enfermement sur moi-même, mais inquiète pour la suite des évènements concernant Andrew.

– "Coucou tout le monde. Je suis désolée de ne pas avoir été présente près de vous plus tôt. J'avais certains problèmes à régler, seule. Revenons-en à Andrew, il ne doit pas être bien loin quand même."

Hubert prend la parole.

– "Le problème c'est que la seule chose qu'il m'a laissé c'est un petit mot que j'ai découvert sur la table du salon qui dit : Je pars. Je ne sais pas quand je reviendrai. Bisous. Je n'ai aucune information supplémentaire."
– "Effectivement, c'est un peu sommaire comme indice. Tu as cherché partout ?"
– "Oui, même dans sa chambre. Je n'ai rien trouvé."
– "Je peux ?"
– "Vas-y, je t'en prie. Je reste convaincu que si quelqu'un peut trouver où il est, c'est bien toi."

Je pars, direction sa chambre, à la recherche de la moindre piste nous indiquant sa position.
Pourquoi il serait parti comme ça sans prévenir personne ? C'est curieux quand même. Mais qu'est-ce qui peut bien lui passer par la tête ?

Je passe le pas de la porte et entre dans son univers. Une chambre de tout ce qu'il y a de plus masculin : simple, neutre, sans chichis, ... Tout est à sa place depuis la dernière fois que je suis venue.

Je me dirige vers son armoire, la valise qui était rangée sur le dessus ne s'y trouve plus. J'ouvre les portes de sa penderie. Je distingue quelques cintres sans vêtement.

Plus de valise, des habits manquants, déjà une chose est sure, Andrew est parti de son plein gré. Les questions qui persistent sont : Où ? Et pourquoi ?

Je passe en revue les moindres recoins de sa chambre mais je ne trouve malheureusement rien. Pas de petit mot supplémentaire, d'indice sur une quelconque destination, sur la durée de son possible séjour, ... rien. Que dalle ! Nada !

Je m'apprête à laisser tomber pour repartir du côté de mes amis, la mine triste et les bras ballants. Au moment de fermer la porte, mes yeux se posent sur son ordinateur fixe mais pourquoi je n'y ai pas pensé plus tôt. J'ai fouillé sa chambre de long, en large et en travers sans rien trouver, sans penser une seule fois à fouiller son ordinateur.

Je m'installe sur sa chaise de bureau et appuie sur le bouton de démarrage.

Je sais ce n'est pas bien mais j'ai l'autorisation d'Hubert et puis c'est pour la bonne cause.

Mon visage se retrouve éclairé par une nuance bleutée, je pose mes yeux sur l'écran.

Eh merde !

Pourquoi je n'y ai pas pensé ? Bien sûr qu'Andrew a protégé ses données par un mot de passe.

Je retrousse mes manches, c'est parti.

Tout y passe, date de naissance, famille, couleur, même le nom de son premier cheval, ... mais rien. Rien ne trouve grâce à ses yeux. Comment je vais faire ?

J'entends la voix d'Hubert au loin :

- "Ewa ? Tu as trouvé quelque chose ?"

Il monte les escaliers puis s'introduit dans la chambre, juste derrière moi. Je lui explique la situation, ce que j'ai déjà découvert. Il pose une main sur mon épaule.

- "Ah ! Ce fameux mot de passe."
- "Tu le connais ?" Je lui lance réjouissante, pensant avoir trouvé une solution à mon problème.
- "Je ne suis pas sûr, mais je pense avoir ma petite idée sur la question."
- "Vas-y je t'écoute, je suis prête à tout là."
- "Essaye la date de votre rencontre."

Je me retourne vivement, plantant mes yeux dans les siens.

- "Je te demande pardon ?"
- "Essaye, sans poser de question."

Ok ! De toute manière, après avoir essayé tous les mots de passe possibles et inimaginable, je peux bien essayer celui-là aussi.

C'est simple, la date de notre rencontre correspond au jour où je suis rentrée à l'université d'Alabama. Je saisis le jour, le mois, l'année, hésitante, nos regards posés sur l'écran, nous retenons notre respiration et croisons les doigts.

Une photo de nous deux fait son apparition. Yes ! Nous avons enfin réussi. Je saute dans les bras d'Hubert, sans lui je n'aurais jamais trouvé.

Pour le moment, je vais continuer mes recherches, je reviendrai plus tard sur son mot de passe et cette photo. D'autres questions me viennent en tête mais je dois rester concentrée.

Tandis qu'Hubert s'apprête à redescendre pour nous préparer à manger, je l'arrête dans son élan :

– "Hubert, attends ! As-tu eu des nouvelles concernant notre conversation de la dernière fois ?"

Je le vois se raidir avant de bifurquer vers moi, sa poitrine bougeant au rythme de sa respiration.

– "Ah oui ! Je ne souhaitais pas t'en parler tout de suite avec toute cette agitation mais étant donné que tu demandes. Ne t'inquiète pas pour Matteo, il ne t'enquiquinera plus."
– "Mais encore ? Peux-tu m'en dire plus ? Qu'as-tu fais exactement ?"

Il s'assoit sur le bord du lit pour me faire face avant de reprendre :

– "J'ai fait travailler mon réseau. Les juges ainsi que son coach ont été mis au courant de tout ce qu'il t'avait fait subir. Bien évidemment, ils n'avaient pas été informés de ses plans. Après de long discours, de rendez-vous et réunions en tout genre, ils ont pris une grosse décision malgré la difficulté de supprimer leur meilleur élément dans le monde équestre italien. Sa licence ainsi que son autorisation de monter et de participer à un quelconque concours lui ont été supprimés. Sa réputation n'est plus à faire."

Il se lève puis se dirige vers la porte, une main sur la poignée, il me dit :

– "Ne t'en fais plus pour ça, ma puce. Les médias se chargent de son cas, maintenant. C'est fini, tu n'entendras plus parler de lui. Allez je redescends, je te laisse t'occuper d'un autre homme qui nous pose un autre genre de problèmes."

Je l'observe passer le seuil de la porte, un sourire aux lèvres qui ne laisse pas voir que cette situation lui pèse mais le connaissant un tant soit peu, je peux lire dans ses yeux qu'il n'est pas serein. Ils en disent beaucoup sur son état d'esprit.

Soulagée par ce qu'Hubert vient de m'apprendre, je prends la décision de faire ce qu'il a toujours fait pour moi. M'aider, me protéger, me soutenir. Je me replonge donc dans mes recherches, telle une forcenée, passant en revue tous les dossiers, les photos, les fichiers, mais rien...

Etant donné que je risque d'en avoir encore pour un moment dans mes recherches, Hubert a invité Alice et Stephen à se joindre à nous pour le dîner.

J'ai vraiment l'impression d'être une espionne. En même temps s'il nous avait donné plus d'informations, on n'aurait pas à faire ça.

Après le contenu de l'ordinateur place à ses mails. Heureusement le mot de passe est automatiquement enregistré et j'atterris directement dans sa liste de courriers électroniques.

J'entends la petite voix fluette de mon amie retentir dans la pièce :

– "Je peux t'aider ma chérie ?"

Elle s'approche de moi, appuyant une main sur le bureau et l'autre sur le siège, se penchant dans la contemplation de la page qui s'est affichée à l'écran, ses cheveux venant chatouiller ma joue.

Tandis que je m'apprête à lui répondre, un mail de réservation, attire mon œil. Je l'ouvre sans scrupules. J'y lis qu'Andrew a pris un avion hier mais toujours aucune information sur sa destination. Une pièce jointe est rattachée au courrier, je double clique dessus afin de l'afficher. Un document commence à apparaître.

– "Un billet d'avion électronique ?" Exclamons-nous en cœur.

Les yeux ébahis par cette découverte, je m'écrie :

– "Mais qu'est-ce qu'il est parti foutre là-bas ?"

J'entends la douce tonalité de mon amie résonner au creux de mon oreille :

– "Qu'est-ce que tu comptes faire ?"

Tandis que je me retourne vers elle, plongeant mon regard dans le sien :

– "J'en ai aucune idée."

À suivre ...

Remerciements

L'écriture de ce livre a engendré une formidable aventure faite de rencontres et de surprises !
Ainsi, je tiens à remercier ma famille, qui est toujours présente pour moi, me soutenant dans toutes mes idées (aussi farfelues soient-elles) sans qui toute cette histoire n'aurait pas pu voir le jour.

Un merci tout particulier à mon mari, mon premier fan, qui a pris le temps de me lire, de me donner son avis et surtout qui a su me supporter durant mes instances d'écriture, de rayures, de réécriture, de réflexion et j'en passe.... Qui a également su montrer une patience d'ange pour me permettre de travailler à mon rythme tout en acceptant le temps que j'ai pu consacrer à mon roman dans les moments où je suis inaccessible et impossible à déranger ;-).

Je souhaiterais également remercier mes bêtas lectrices : Laura, Céline, Anne-Sophie, Héléna, Magaly, Pauline, Loetitia, Charlène, ... qui m'ont été d'une grande aide pour cette aventure. Elles m'ont soutenue et conseillée, me faisant reprendre à maintes reprises mes chapitres, paragraphes et passages jusqu'à ce que tout soit parfait. Elles ont été l'un de mes piliers. Merci à vous les filles d'être là et de me suivre pas à pas.

Merci à Ilana de m'avoir fait découvrir le groupe accro aux livres ainsi qu'à Giovanni administrateur de ce même groupe pour ses conseils, sa disponibilité et ses contacts précieux qui m'ont permis de rencontrer trois de mes bêtas lectrices ainsi que ma correctrice.

Merci au groupe New's Aly Romance, aux administratrices, modératrices et leurs membres pour leur soutien et leur aide sans qui je n'aurais pas rencontré mes cinq autres bêtas lectrices et mes premiers lecteurs. Ainsi qu'à Agnès pour son accompagnement et son interview qui m'a permis de prendre mon envol.

Merci à Tinkerbell design pour son talent, sa disponibilité et sa patience (mise à rude épreuve) pour la création de cette magnifique couverture.

Un merci également à Nathalie pour son aide dans la démarche de l'autoédition ainsi que ses conseils importants qui m'ont aidé à y voir plus clair dans cette nouvelle aventure pour moi.

Merci pour l'aide précieuse de Catherine, ma correctrice, qui a sérieusement planché sur mon manuscrit.

Et surtout merci à vous, lecteurs, qui au fil des pages feront vivre Ewa, Matteo, Andrew, Alice, Hubert et tous ceux qui traverseront les chapitres et les tomes à venir à travers vos lectures et votre imagination.

Je suis ravie de voir que mon premier roman voit le jour entre vos mains.

Pour toutes questions ou si vous souhaitez seulement communiquer avec moi pour me donner vos impressions et vos avis, n'hésitez pas à me contacter sur l'adresse mail tiphaine.ks@gmail.com. Je suis également disponible sur la page Facebook : Tiphaine KS - Auteure.

Merci pour tout ...

25382364R00150

Printed in Poland
by Amazon Fulfillment
Poland Sp. z o.o., Wrocław